CURE MORTELLE
À ABANO

DU MÊME AUTEUR

LES ENQUÊTES DE LORD PERCIVAL

Le Cheval du crime
Le Dernier Crime d'Agatha Christie
Un assassin modèle

CHRISTOPHER CARTER

LES ENQUÊTES
DE LORD PERCIVAL

CURE MORTELLE
À ABANO

roman

ROBERT LAFFONT

ISBN 2-221-09068-3

C'est un grand mal de s'engager au mal ; mais c'est un plus grand mal que de tenir ce mauvais engagement.

Shakespeare,
Henri VI, acte V, scène I

1.

« Tutto Bene » était un homme heureux. De son vrai nom Angelo Bardini, il avait récolté ce surnom de la part de ses collègues parce qu'il demandait toujours à ses clients, avant de les abandonner : « *Tutto Bene ?* », « Tout va bien ? ». Et les clients répondaient « *Yes* », « *Ja* », « Oui », « *Si* », car le monde entier passait dans les mains musclées d'Angelo Bardini.

Des clients auxquels il ne restait d'ailleurs que la parole, car ils étaient immobilisés dans une sorte de linceul de boue, et pas n'importe quelle boue : celle d'Abano, en Italie, la plus thérapeutique et la plus efficace du monde. Ni rhumatismes ni arthroses n'y résistaient, à condition que l'on subisse une cure d'au moins douze jours chaque année.

Il revenait à des techniciens comme Angelo Bardini d'utiliser cette boue miraculeuse, le fango, de l'étaler sur des lits prévus à cet effet et d'en enduire les corps des hommes et des femmes venus à Abano chercher un soulagement.

L'hôtel Euganei était traditionnel et confortable. Les curistes disposaient de chambres agréables donnant sur la campagne et se rendaient au « couloir du fango » en utilisant un ascenseur intérieur. Uniquement vêtus d'un peignoir, ils se dirigeaient sans se presser vers la cabine où ils allaient être recouverts de boue brûlante.

Une rude épreuve que Tutto Bene connaissait bien, puisqu'il faisait lui-même sa cure annuelle pour demeurer en pleine forme. À cinquante-sept ans, il se sentait plus vigoureux qu'à vingt et ressentait rarement les effets de la fatigue. Pourtant, le travail était dur : il enduisait de boue son premier client à 3 heures du matin et le dernier vers 11 heures. Il avait appris à pratiquer l'art de la sieste et devait se coucher tôt, ce qui lui faisait rater des matches de football à la télévision ou de belles émissions de variétés dont il raffolait.

Quoique originaire d'Abano, Angelo Bardini adorait la chanson napolitaine. Et quand il passait dans le couloir du fango, allant d'une cabine à l'autre, il offrait sa belle voix chaude et charmeuse aux malheureux qui expurgeaient leurs toxines en suant à grosses gouttes.

En cette fin de matinée d'un vendredi de janvier triste et glacial, Tutto Bene était ravi d'en avoir presque terminé. Quand tous les patients auraient été extirpés du fango, puis soigneusement douchés, et auraient enfin savouré les délices d'un bain additionné d'ozone, il nettoierait à fond les cabines et s'offrirait un bon déjeuner dans un petit restaurant de la ville avant d'aller dormir.

Célibataire endurci, Angelo Bardini ne vouait de culte qu'à une seule femme, sa vieille mère, une veuve admirable dont il complétait la modeste retraite grâce aux pourboires généreux que lui offraient certains clients, la plupart du temps des gens réservés et peu causants, mais qui savaient reconnaître la qualité de ses services.

Pour un homme superstitieux comme Angelo Bardini, la journée avait mal commencé. D'abord, il s'était bêtement levé du pied gauche ; ensuite il avait renversé son verre d'eau citronnée ; enfin, plus grave encore, il avait brisé le sous-verre protégeant un portrait de saint Antoine de Padoue en prière. À sa place, beaucoup d'Italiens pieux seraient restés prudemment dans leur lit, mais Tutto Bene savait que la direction de l'hôtel Euganei comptait sur lui, et il avait bravement négligé ces signes du destin pour se rendre à son travail.

— Tout va bien, Antonella ?

— J'ai bientôt fini, répondit une voix plutôt grave, provenant de l'intérieur d'une cabine.

— Moi aussi.

Antonella Vescovi était l'adjointe d'Angelo Bardini. Elle enduisait de boue aussi bien les femmes que les hommes, avec une belle dextérité.

Encore sept personnes, constata Tutto Bene : deux femmes et cinq hommes.

Il n'en avait plus qu'un à enduire de boue mais, auparavant, il allait dégager un milliardaire anglais qui terminait sa première cure à Abano.

Quinze minutes dans le fango : c'est ce qu'indiquait l'horloge de contrôle de la cabine 4 où Winlock Taintrope profitait des bienfaits du fango.

Angelo Bardini pénétra dans la cabine.

— C'est fini, monsieur Taintrope. Je vais vous dégager.

Le milliardaire aurait dû lancer un *thank you* libérateur, trop content d'en avoir terminé avec l'épreuve de la boue.

Mais Winlock Taintrope demeura silencieux et totalement immobile. Comme tous les curistes, il ressemblait à une sorte de momie encapuchonnée dont seule une partie du visage était encore visible.

— Monsieur Taintrope... C'est fini.

Angelo Bardini ôta la couverture de laine qui recouvrait d'autres couvertures enveloppant le patient recouvert de boue, à l'exception de la poitrine, du ventre et du bas-ventre.

Les yeux de l'Anglais étaient fixes, il ne respirait plus.

2.

Après une longue promenade dans la lande en compagnie de Lord Percival, Abercrombie s'offrait un sommeil réparateur à parfaite distance de la cheminée monumentale du grand salon du château de Lonecastle. Bâtard de berger écossais, de labrador et de quelques autres espèces tout aussi robustes, Abercrombie était un superbe chien noir, intelligent et joyeux, qui apportait une confirmation éclatante à l'intuition du philosophe Maxime Ducamp : « Ce qu'il y a de meilleur en l'homme, c'est le chien. » Ne répondant qu'à son nom complet et jamais à des diminutifs du type « Abie », Abercrombie connaissait chaque parcelle du vaste domaine écossais appartenant aux Kilvanock depuis les origines de la civilisation.

Landes, forêts et rivières abritaient fées, elfes et génies ; quant au loch qui baignait Spring Island, l'île rocheuse sur laquelle avait été bâti Lonecastle, il servait de résidence aux *kelpies*, des esprits bavards préoccupés de la pureté des eaux. Grâce à l'influence du Gulf Stream et à la qualité du microclimat, Lord Percival pouvait se baigner tout au long de l'année et bénéficiait d'un hiver tempéré qu'appréciait Abercrombie.

En ce jour un peu frais de janvier, il était agréable

de goûter la douce chaleur d'un feu de bois, sous des poutres du XIIIe siècle, à l'abri de murs colossaux en granit. De l'extérieur, Lonecastle apparaissait comme une forteresse imprenable ; du hall monumental — quinze mètres sous plafond — aux vastes chambres, l'intérieur était meublé avec un sens aigu de la beauté et du confort. Les longues tables de chêne massif, les chaises à haut dossier, les fauteuils et les canapés de cuir, les tapis d'Afghanistan, les tableaux consacrés à l'histoire des Kilvanock et aux traditions écossaises formaient un écrin chaleureux.

Des fenêtres du grand salon, on apercevait le plan d'eau destiné aux oiseaux migrateurs et les admirables pelouses ornées de vasques dédiées aux ancêtres. Des écureuils roux venaient volontiers y gambader, tandis que des aigles traçaient des cercles dans le ciel.

Considéré comme le meilleur criminologue du Royaume-Uni, invité dans tous les congrès de spécialistes, Lord Percival Kilvanock affichait une belle quarantaine sportive. Grand, mince, l'œil perçant, naturellement élégant, les yeux bleu outremer, le front large orné de rides charmeuses, d'un calme imperturbable mais l'esprit perpétuellement en recherche, Lord Percival avait eu la chance de naître fortuné mais n'en tirait ni vanité ni sentiment de supériorité. La fortune lui avait permis de vivre à sa guise, le plus loin possible des mondanités qu'il ne pouvait pas totalement éviter, et de créer une immense bibliothèque consacrée aux innombrables facettes du crime.

Dépositaire d'un manuscrit prouvant qu'il était le dernier chevalier de la Table ronde, Lord Percival ne faisait pas étalage de ses quartiers de noblesse et se consacrait à la mise en œuvre de la devise inscrite sur son blason : « Rétablir la vérité, c'est participer à l'harmonie». Mais pourrait-on comprendre un jour pourquoi l'homme éprouvait le besoin d'assassiner ses semblables et de commettre le mal ?

Lord Percival consultait l'ouvrage trop mal connu de Barry Betticall, *Les Crimes attribuables au dérèglement du système neurovégétatif*, qui avait provoqué un débat très vif, loin d'être clos. Mais le châtelain était incapable de se concentrer, car il songeait à sa belle et douce fiancée, Lady Ophelia, qu'il ne pourrait jamais épouser. Douze siècles auparavant, en effet, un Kilvanock avait juré de détruire le clan de Lady Ophelia, et la parole donnée par un Kilvanock ne se reprenait pas.

La jeune femme avait créé une clinique pour animaux blessés, en voie de disparition, que Lord Percival finançait ; Margaret, un éléphant femelle d'Asie, capable de servir le thé avec sa trompe, et Charles, un pélican mâle des Antilles, étaient les assistants efficaces de Lady Ophelia, qui avait accepté la dure loi de la destinée.

Nestor Pwryctswll, le majordome gallois de soixante-dix ans, entra avec dignité dans le grand salon.

— Puis-je me permettre de vous importuner, Lord Percival ?

— Je vous écoute, Nestor.

— Une bonne nouvelle : le foie de veau prévu pour le déjeuner d'Abercrombie est enfin convenable. J'ai dû éconduire trois fournisseurs médiocres avant d'en trouver un digne d'estime.

— Et la mauvaise nouvelle ?

— Le fantôme du château vient de se manifester, Lord Percival. Il a renversé une armure dans la tour nord et vidé une bouteille de Dom Pérignon dans la cave principale.

Le châtelain ne prit pas l'avertissement à la légère. Le fantôme était un chevalier policier du Moyen Âge, lâchement assassiné par un brigand français qu'il était sur le point d'arrêter. Peut-être Lord Percival devait-il sa vocation à ce lointain ancêtre.

Dorothea Pettigrew, la secrétaire particulière du Lord, suivit de près le majordome. Anglaise, jeune, belle et séduisante, elle était un véritable génie de la finance. Perpétuellement inquiète, elle craignait de ne pas satisfaire son patron, qui lui accordait pourtant une totale confiance.

— Il nous faut prendre une grave décision, Lord Percival. Plusieurs places financières sont en ébullition et…

— Avez-vous déjà arrêté une stratégie, Dorothea ?

— J'ai une idée, mais j'aimerais obtenir votre assentiment.

— Vous l'avez.

— Je ne crois pas que l'Indonésie…

— Vous avez forcément raison et je vous approuve entièrement.

La secrétaire particulière rougit légèrement.

— Merci, Lord Percival. Vous avez reçu une bonne vingtaine d'invitations à des manifestations culturelles, à des soirées dansantes et à des…

— Voulez-vous répondre par la négative avec les formules de politesse habituelles ?

— Il y a aussi cette décoration que l'on vous supplie d'accepter…

— Être un Kilvanock me suffit amplement. Je suis certain que vous trouverez d'excellentes formules pour décliner cette proposition. Sans vous, Dorothea, mon existence serait un enfer.

Très élégante dans son corsage rouge et sa jupe noire plissée, la secrétaire particulière mit quelques secondes à reprendre ses esprits.

— Je fais de mon mieux, Lord Percival.

— Ne devriez-vous pas songer à prendre quelques jours de vacances ?

— C'est hors de question ! Cette stupide coutume est la cause majeure de la décadence de nos sociétés. La finance internationale ne prend jamais de vacances, et moi non plus.

Fléchir Dorothea Pettigrew serait plus difficile que de gravir l'Everest en maillot de bain et pieds nus. Bien que sa fortune fût faite, grâce aux émoluments que lui versait son patron et qu'elle méritait, la secrétaire particulière ne se sentait bien qu'à Lonecastle, dans son domaine ultramoderne au cœur du château. Équipé des systèmes informatiques les plus performants, son bureau était une véritable tour de contrôle qui la maintenait sans cesse en contact avec les institutions financières et les Bourses du monde entier.

À plusieurs reprises, de grandes banques d'affaires avaient tenté d'engager Dorothea Pettigrew ; mais elle restait fidèle à Lord Percival et à Lonecastle, ce paradis terrestre où elle vivait une aventure exaltante, chaque jour renouvelée.

— Dernière chose, Lord Percival : le chef superintendant Angus Dodson vient d'appeler. Je n'ai pas voulu vous déranger au retour de votre promenade et je lui ai garanti que je vous ferais part de son appel.

— A-t-il donné des précisions ?

— D'après lui, une affaire grave et urgente.

Angus Dodson était un policier honnête et sérieux. D'origine modeste, il était sorti du rang pour gravir tous les échelons de la hiérarchie de Scotland Yard où il était désormais en charge des dossiers les plus épineux.

« Une fois de plus, pensa Lord Percival, le fantôme de Lonecastle ne s'est pas trompé ! »

— Tâchez de le joindre, Dorothea, s'il vous plaît.

La secrétaire particulière pianota sur un portable pour composer le numéro de la ligne directe de Dodson.

— Dorothea Pettigrew à l'appareil. Je vous passe Lord Percival Kilvanock.

Elle donna l'appareil au châtelain.

— Bonjour, mon cher Dodson… Ça va mal, même très mal ?… Pas au téléphone, naturellement… Accepteriez-vous de dîner avec moi ? Parfait… Je vous envoie mon hélicoptère.

3.

Très impressionné à chaque fois qu'il était reçu à Lonecastle, le chef superintendant Angus Dodson avait revêtu son plus beau costume, un trois pièces en tweed qui datait un peu mais ne manquait pas d'allure. Surnommé « Falstaff » en raison de sa corpulence, Dodson était à la fois un champion du lancer du marteau, un joyeux convive au bel appétit et un as de l'informatique. Fils d'une épicière et d'un mineur de Newcastle, il avait hérité de la morale de son père qui se résumait en une phrase simple : on ne serre jamais la main d'un bandit.

— Si le chef superintendant veut bien me suivre, dit Nestor Pwryctswll.

Le majordome conduisit le policier jusqu'à un salon élisabéthain à l'ambiance feutrée. Le sol de petits carreaux de grès aux teintes chaudes, le plafond formé de caissons alchimiques et les murs recouverts de cuir de Cordoue composaient un ensemble à la fois original et rassurant.

En smoking grenat très classique, Lord Percival accueillit son hôte avec entrain.

— Heureux de vous revoir, mon cher Dodson ! Puisque nous dînons tous les deux, j'ai choisi cet endroit, de préférence à la salle à manger, un peu trop cérémonielle.

Dans l'immense pièce où plus de cinquante convives pouvaient prendre place en gardant leurs aises, Angus Dodson et le châtelain eussent été un peu perdus.

— Avez-vous fait bon voyage ?

— Excellent, Lord Percival. Voir le paysage de là-haut est une belle expérience...

— J'espère que mon pilote ne vous a pas trop bousculé. J'aurais volontiers fait le trajet mais je prépare une communication pour un congrès de criminologie à Rio de Janeiro. Encore quelques heures de travail, et ce pensum sera terminé. Vous prendrez bien un peu de Dom Pérignon ?

— Avec plaisir.

— Nestor nous a concocté un menu tout simple : saumon provenant du loch de Lonecastle et fumé par ses soins, agneau rôti et haricots verts, plateau de fromages de chèvre et sorbets variés. Cela vous convient-il ?

— Bien entendu, Lord Percival.

— J'ai pensé qu'un petit saint-émilion d'une bonne année nous accompagnerait agréablement sans nous troubler l'esprit.

Le saumon était une pure merveille et le vin, long en bouche, enchantait le palais. S'il n'avait pas eu un crime sur les épaules, Dodson aurait apprécié la vie de château.

— Si nous parlions de vos soucis ? proposa l'Écossais.

— Une affaire particulièrement délicate, dont je me serais bien passé... Avez-vous entendu parler d'un dénommé Winlock Taintrope ?

Lord Percival réfléchit quelques instants.

— Ne serait-ce pas un investisseur international qui a joué un rôle déterminant dans des fusions d'entreprises à l'échelle mondiale ?

— C'est bien lui, en effet.

— D'après ce que je connais de ce personnage par la presse, c'est un redoutable prédateur doté d'une intelligence financière inégalable et un apôtre inlassable du mondialisme.

— Exactement. J'ai réuni un maximum d'informations sur lui, et elles vont dans ce sens. Winlock Taintrope était un travailleur infatigable, il parcourait la planète dans tous les sens et dévorait ses adversaires à pleines dents.

— Marié ?

— Non.

— Grosse fortune ?

— Confortable. Il n'avait d'autre passion que les affaires et la mise en contact des businessmen et des sociétés. Que les fusions engendrent des licenciements ne l'intéressait pas ; pour lui, seul comptait le dynamisme de l'économie dans une vision planétaire.

— On l'a donc assassiné…

— Je n'en suis pas certain.

Lord Percival fut intrigué.

— Un suicide douteux ?

— Peut-être simplement une mort naturelle.

— Pourriez-vous être plus explicite, superintendant ?

— Taintrope est mort dans la boue.

— Condamnation morale ou réalité physique ?

— Tout ce qu'il y a de plus réel : la boue d'Abano.

— Abano…, le célèbre centre de cures thermales, en Italie du Nord, près de Venise et de Padoue ?

— Vous y êtes, Lord Percival. Winlock Taintrope

souffrait peut-être de rhumatismes, et il a sans doute décidé de faire une cure pour être soulagé et pouvoir continuer à mener son existence sur un rythme frénétique. À soixante-deux ans, il n'était plus un jeune homme et, quel que fût son dynamisme, il devait commencer à se ménager.

— Abano... a priori une excellente idée. Je crois que les spécialistes considèrent que c'est un lieu unique au monde et que les effets thérapeutiques de sa boue sont plutôt spectaculaires.

— On l'appelle le fango, précisa Dodson. Et c'est dans ce fango, au terme d'une séance de soins, que Winlock Taintrope a été retrouvé mort.

— Ne s'agit-il pas d'une simple crise cardiaque ?

— Je l'espère... contrairement aux autorités locales. Avant d'accéder aux soins et d'être enveloppé dans la boue, chaque candidat passe une visite médicale ; et, tout au long de la cure, des techniciens expérimentés s'assurent que les patients ne courent aucun danger. C'est du moins ce que prétendent les sommités médicales de la ville, le maire d'Abano, les responsables politiques de la province... et j'en passe ! Là-bas, c'est la panique. Il y a forcément quelques décès de gens âgés et inconnus, mais la mort de Taintrope sera bientôt à la une de tous les quotidiens.

— Et l'on accusera le fango...

— Exactement, Lord Percival. Vous imaginez les titres : « Boue mortelle », « Fango assassin », « Abano la meurtrière », « Terre maudite »... L'onde de choc risque d'être terrifiante. Les médias affoleront les gens, il y aura des annulations en chaîne, et Abano deviendra une zone sinistrée.

— C'est terrible, mais que pouvons-nous y faire ?

— Le ministre de la Culture italien est intervenu

auprès de son homologue britannique qui m'a aussitôt contacté. Il prétend bien vous connaître.

— C'est un peu excessif, mais nous nous sommes croisés à plusieurs reprises, en effet.

— Il souhaite votre présence à Abano. Le gouvernement britannique également.

— Je ne possède aucune compétence en matière de tourisme !

— Mais en matière de criminalité, si. Les Italiens placent tous leurs espoirs dans votre intervention : si vous parvenez à prouver qu'il s'agit bien d'un meurtre et à arrêter l'assassin, Abano sera sauvé.

— La police italienne n'en est-elle pas capable ?

— Sans doute, mais la victime est un sujet britannique et la police italienne craint d'être accusée de parti pris pour sauver Abano. Elle aimerait collaborer avec vous pour que vous soyez son porte-parole international.

— Encore faut-il qu'il s'agisse bien d'un crime... Si les Italiens ont conçu le projet de me manipuler, qu'ils y renoncent.

— J'ai longuement parlé à mon homologue italien dans ce sens. Il n'a nullement l'intention de faire pression sur vous et vous accorde toute latitude pour mener l'enquête comme vous l'entendez. Avec un souhait pressant, toutefois : que vous aboutissiez le plus vite possible. On ne retiendra pas les médias très longtemps, et il vaudrait mieux leur donner des certitudes que de les laisser délirer. Sans vouloir être trop solennel, Lord Percival, il faut bien se rendre à l'évidence : le sort d'Abano est entre vos mains.

Le châtelain savoura une longue gorgée de saint-émilion. À court d'arguments et connaissant l'indépendance d'esprit de son hôte, le chef superintendant Angus Dodson attendait son verdict.

— Sauver Abano est une noble cause, estima Lord Percival Kilvanock, mais je n'interviendrai qu'à certaines conditions : être en possession de tous les rapports établis par la police italienne, être accompagné de vous-même, mon cher Dodson, pour mener les interrogatoires à notre guise et faire progresser l'enquête à notre manière s'il y a lieu. Mais, avant tout, il nous faut être certains que Winlock Taintrope a bien été assassiné. L'intervention de Melrose est donc indispensable.

4.

Dans l'avion d'affaires qui emmenait à Venise Lord Percival Kilvanock, le chef superintendant Angus Dodson et le médecin légiste William Melrose, ce dernier sacrifiait à sa distraction préférée : la vodka glacée.

— La meilleure que j'aie jamais bue, savoura-t-il d'un claquement de langue. Elle provient d'une distillerie clandestine de la banlieue de Saint-Pétersbourg. Pure fabrication artisanale, sans toutes ces règles d'hygiène qui tuent le goût… Vous en voulez, Lord Percival ?

— Sans façon, William.

Le légiste se cala dans son siège. Avec ses cheveux en broussaille, son blouson de cuir rouge, sa chemise à fleurs et son jean, William Melrose ne ressemblait pas à l'image que l'on se fait généralement d'une autorité doctorale. Pourtant, dans sa sacoche marquée du sceau des lanciers du Bengale, il y avait mille et une fioles qui lui permettaient de procéder à des analyses d'une exceptionnelle finesse.

— Sympathique voyage, déclara le légiste. Il manque juste une jeune hôtesse pas farouche mais, au moins, cet avion n'est pas rempli de cadavres. Voilà longtemps que je n'avais pas pris autant de repos…

Lord Percival avait fait servir un excellent repas auquel Dodson et Melrose avaient rendu hommage. La météo n'était pas fameuse, et il avait fallu attendre un créneau favorable pour que l'appareil puisse se poser à Venise, recouverte de brumes épaisses depuis plusieurs jours.

— Je me souviens du cadavre d'une Italienne assassinée par un fonctionnaire anglais qui l'avait pendue à la poutre centrale de son garage pour faire croire à un suicide au gaz d'échappement... Pas terrible, comme mise en scène, d'autant plus que la voiture était en panne et ne pouvait pas démarrer.

À l'aéroport, une pléiade d'autorités plutôt survoltées attendait le trio avec impatience. Comme Lord Percival se débrouillait en italien, il parvint à apaiser les politiques et les administratifs en leur promettant d'agir vite sans rien leur cacher de ses trouvailles.

Mais un véritable volcan entra en éruption : les cheveux argentés, le visage épanoui d'un bon vivant, les mains dansant un ballet ininterrompu et la parole précipitée, le commissaire Gianfranco Gaudeo ne put contenir son indignation.

— Messieurs les Anglais, vous êtes les bienvenus en Italie, mais la police, c'est moi ! Toutes vos histoires diplomatiques, mes hommes et moi, on n'en a rien à faire ! Vous devriez quand même savoir que nous n'avons pas besoin de Scotland Yard pour arrêter les assassins !

— Mais nous en sommes tout à fait persuadés, rétorqua Lord Percival, qui entraîna le commissaire vers la cafétéria.

Le châtelain et le policier discutèrent pendant une bonne demi-heure avec l'ardeur chantante de la langue italienne, que d'aucuns, à commencer par

Mozart, considéraient comme la plus belle du monde. Lord Percival exposa clairement la situation à son interlocuteur et lui demanda son entière approbation. En cas de refus, il repartirait immédiatement pour l'Écosse.

Gianfranco Gaudeo fut conquis par la personnalité et la franchise du châtelain. Il se rendit à ses raisons et jugea que la sauvegarde d'Abano valait bien une légère blessure d'amour-propre, déjà largement cicatrisée par la considération que lui accordait l'aristocrate. Et il admit que l'intervention britannique, si elle se révélait positive, contribuerait à sauver Abano.

— Il reste un gros problème, avoua le commissaire, très sombre. Filipini, le médecin légiste désigné pour examiner le corps, est un Vénitien pure souche qui n'admet déjà pas une ingérence italienne… Alors, des Britanniques…

— Nous essaierons de le convaincre.

— C'est perdu d'avance ! Filipini est une tête de mule comme on n'en fait plus.

— C'est également le cas de William Melrose.

— Filipini refusera de lui communiquer ses conclusions et il ne lui permettra même pas d'examiner le cadavre.

— Tentons quand même l'aventure.

Une voiture de police banalisée conduisit les trois Britanniques de l'aéroport de Venise à l'hôtel Euganei. Le chauffeur conduisait très vite, avec cette maestria italienne qui efface les virages et culmine dans l'art de l'esquive lorsqu'il s'agit de doubler dans n'importe quelle position et qu'un automobiliste imprudent, venant dans l'autre sens, a la même idée.

Installé à l'avant, Melrose dormait, profitant de ces vacances inespérées ; inquiet, Angus Dodson s'accrochait au siège du conducteur. Quant à Lord Percival, il contemplait le paysage, noyé dans la brume, qui cachait les installations industrielles et les grandes surfaces commerciales accumulées dans la plaine du Pô. La circulation était intense et, malgré le manque de visibilité, personne ne ralentissait.

À l'approche d'Abano, le brouillard se dissipa un peu, et la laideur industrielle céda la place à une campagne douce et plate, peuplée de villas. C'était ici, depuis au moins deux mille sept cents ans, que la boue miraculeuse soulageait quantité d'affections plus ou moins sérieuses. Le nom d'Abano dérivait de celui du dieu Aponus, « celui qui enlève la douleur ». On devait les vertus des eaux thermales à la disposition très particulière des collines Euganéennes dont la plus élevée, le mont Venda, culminait à 601 mètres. À l'abri de ces éminences s'était développé un profond bassin hydrothermal que l'on avait commencé à exploiter de façon systématique à la fin du XIXe siècle en creusant des puits d'où l'eau sortait à 85 degrés.

La réputation d'Abano n'avait cessé de grandir, et il avait fallu construire de grands hôtels pour accueillir tous les curistes désireux de résider dans la charmante petite ville où, l'après-midi, ils dévalisaient les magasins de vêtements et de chaussures. Les espaces verts avaient reculé devant le béton, mais certains hôtels, comme l'Euganei, avaient conservé un parc où des palmiers côtoyaient des pins.

À l'entrée d'Abano, la voiture de police doubla une ambulance qui roulait trop lentement à son goût et se rabattit au nez d'un quinze tonnes qui klaxonna rageusement.

— Vous ne pourriez pas lui demander de ralentir ? suggéra Dodson.

— Tout Italien est un champion de formule 1 en

puissance, superintendant, et nous n'avons que très peu de temps devant nous. D'après le commissaire Gaudeo, la presse va bientôt s'abattre sur cette affaire comme une nuée de vautours.

Le véhicule traversa en trombe le centre ville où de paisibles cyclistes jugèrent plus prudent de mettre pied à terre et il s'arrêta dans un violent coup de frein devant l'entrée monumentale de l'hôtel Euganei.

— On est arrivés ? questionna Melrose, vaguement réveillé.

— La partie ne va pas être facile, William, le prévint Lord Percival.

— Ah bon, pourquoi ?

— Votre homologue italien ne se trouve pas dans de bonnes dispositions à notre égard.

— Ce n'est que ça… Bon, il se fait soif. Vous croyez qu'ils ont de la vodka glacée dans cet hôtel ?

— L'Euganei passant pour le meilleur établissement d'Abano, vous ne devriez pas être déçu.

Un portier en uniforme s'occupa des bagages des trois Britanniques, alors que le directeur de l'hôtel se précipitait vers eux.

— Messieurs, nous vous attendions avec impatience ! Quel malheur pour notre charmante cité ! Mais c'est un crime, n'est-ce pas, et vous allez disculper la boue ?

— Espérons-le, avança Lord Percival.

— Je vous ai donné les meilleures chambres, et tous vos désirs seront immédiatement satisfaits.

— Triple vodka avec des glaçons, exigea William Melrose.

— Je m'en occupe, promit le directeur.

Le médecin légiste ne fut pas trop déçu. Il manquait les quelques degrés d'une bonne fabrication clandestine, mais le breuvage était suffisamment éloigné de l'eau plate pour ne pas être ennuyeux.

— La cabine de fangothérapie a été mise sous scellés, indiqua le directeur de l'hôtel, et personne n'a touché à rien, sauf la police. Pour le moment, l'hôtel continue à fonctionner normalement, mais nous redoutons l'intervention de la presse. Vous allez pouvoir examiner l'endroit en toute tranquillité, car la cure n'a lieu que le matin.

— Nous devons d'abord nous entretenir avec le médecin légiste Filipini.

— Justement, le voilà.

Filipini était un petit homme maigre et sec. Taillé à la serpe, son visage exprimait une franche hostilité.

5.

Vêtu d'un strict costume noir, le médecin légiste Filipini jeta un regard dédaigneux sur William Melrose, dont l'élégance très particulière ne correspondait pas aux critères italiens.

L'Anglais vida cul sec son verre de vodka, se leva et tapa sur l'épaule de Filipini, complètement pris au dépourvu.

— Alors, collègue, on fait la gueule pour un cadavre d'étranger ? Tu parles anglais, j'espère.

— Bien sûr, mais…

— Viens, on va boire un coup ensemble, et je vais te raconter deux ou trois histoires de macchabées comme tu n'en a jamais entendu. Et toi, tu me raconteras les tiennes. Vous, les macaronis, côté poisons, Lucrèce Borgia et tutti quanti, vous êtes des fameux ! Après, on causera science.

William Melrose entraîna Filipini dans un salon de l'hôtel, sous le regard inquiet et désapprobateur d'Angus Dodson.

— Nous courons à la catastrophe… Vous auriez dû intervenir, Lord Percival.

— D'abord, l'électrochoc ; ensuite, la diplomatie.

L'entrevue des deux légistes ne dura pas moins d'une heure.

Très décontracté, William Melrose revint vers ses compatriotes.

— Un sacré rigolo, mon collègue italien ! Sa spécialité, c'est l'arme blanche. On aurait dû l'engager pour Jack l'Éventreur. Et il a de sacrées bonnes histoires sur les ventres ouverts à la hache et…

Le visage verdissant de Dodson dissuada le légiste de poursuivre sur ce terrain.

— Avez-vous abouti à un accord ? demanda Lord Percival.

— Tout baigne. Filipini est complètement saoul, mais il prête son labo et le cadavre de Taintrope. Bref, j'ai carte blanche et je commence tout de suite.

— Que pense-t-il du décès ?

— Il le trouve plus que suspect. Taintrope n'était pas cardiaque, et ce n'est certainement pas l'application de fango qui a pu le tuer. On va chercher ensemble un peu plus loin. À propos, vous devriez interroger le toubib de l'hôtel : il a fait passer un examen médical à Taintrope avant de l'admettre en cure. Bon, au boulot. Moi, je vais à la morgue avec mon pote et je conduis sa Lamborghini. On va passer une nuit d'enfer.

Le commissaire Gianfranco Gaudeo avait bien fait les choses : tout le personnel de l'hôtel Euganei devait être à la disposition des enquêteurs britanniques et leur faciliter la tâche. Aussi, quand Lord Percival demanda à s'entretenir avec le médecin qui avait examiné Taintrope, alla-t-on le chercher séance tenante.

Le docteur Particoni était empâté et parlait lentement, comme un homme blasé. Il tint à recevoir le châtelain et le chef superintendant dans son cabinet ultramoderne où nombre de patients illustres avaient défilé avant d'aller s'allonger dans la boue.

— Avez-vous examiné longuement Winlock Taintrope ? interrogea Lord Percival.

— Plus longuement que la plupart de mes autres patients.

— Pour quelle raison ?

— Parce qu'il l'a exigé. Ce n'était pas un personnage commode... D'après lui, tous les médecins de cure étaient des paresseux et des incapables, uniquement préoccupés de gagner un maximum d'argent. Je lui ai rétorqué qu'il y a des brebis galeuses dans toutes les professions et que moi, en tant que cardiologue, je m'estimais responsable de la santé des personnes auxquelles j'accordais la possibilité de bénéficier d'une cure totale ou partielle.

— Quelle est la différence ?

— Soit l'on est enveloppé complètement dans la boue, à l'exception d'une zone allant de la poitrine au bas-ventre, soit l'on reçoit des applications sur des parties précises, comme les genoux, les pieds, la nuque... La cure totale est relativement éprouvante, et il existe des contre-indications formelles.

— Lesquelles ? demanda Angus Dodson.

— Pour simplifier, les déficiences cardiaques et rénales sévères. Les tuberculeux, les épileptiques, les cancéreux et les personnes atteintes d'hyperthyroïdie grave courraient un danger en suivant une cure de fangothérapie. On n'applique pas de boue sur les varices, et il est déconseillé aux femmes enceintes de pratiquer ce type de soins. En revanche, le fango a des vertus extraordinaires pour lutter contre tous les types de rhumatismes, les séquelles de traumatismes, la goutte, les maladies de l'appareil respiratoire, l'ostéoporose et le stress. Une douzaine de jours de cure par an ont pour effet de libérer l'organisme de ses toxines et de le rendre beaucoup plus résistant aux multiples agressions extérieures. Et si l'on ne se laisse pas trop tenter par les délices de la cuisine italienne, on peut même perdre du poids. Voyez-vous, limiter l'action du fango à une simple action locale anti-inflammatoire serait une grave erreur ; en fait, il vous dote, de manière encore assez mystérieuse, d'une capacité de lutte contre les agents pathogènes en vous faisant sécréter des hormones d'une manière que je qualifierais de préventive.

— Nous connaissons l'importance du secret médical, déclara Lord Percival, mais Winlock Taintrope a peut-être été assassiné. Acceptez-vous de nous révéler les affections dont il souffrait ?

— Je n'aurai pas à violer ce secret, car feu Winlock Taintrope était en parfaite santé, à l'exception de rhumatismes articulaires légers tout à fait banals chez un homme de son âge.

— Pas de problème cardiaque ni rénal ?

— Il avait un cœur de jeune homme et des reins en parfait état de fonctionnement.

— Pardonnez-moi d'insister, docteur, mais en êtes-vous bien sûr ?

— Absolument, Lord Percival. Étant donné le caractère agressif de Winlock Taintrope, j'ai procédé à plusieurs examens simples mais fiables, afin de n'avoir aucun ennui par la suite avec ce client-là.

— Selon vous, par conséquent, ce n'est pas le fango qui l'a tué.

— Tout à fait impossible, en effet.

— Avez-vous abordé d'autres sujets que la santé avec Taintrope ? demanda Angus Dodson.

— Quelques banalités sur l'Italie…

— Était-ce sa première cure à Abano ?

— C'est ce qu'il m'a dit.

— Vous a-t-il précisé les raisons de sa démarche ? interrogea Lord Percival.

Le docteur Particoni parut songeur.

— Non... À la réflexion, c'est un peu surprenant. D'habitude, les patients m'indiquent spontanément qu'ils souffrent de telle ou telle partie du corps et qu'ils viennent ici avec l'espoir d'être soulagés. Winlock Taintrope n'a évoqué ni maladie ni souffrance... Je suis incapable de vous donner la raison médicale précise pour laquelle il désirait séjourner à Abano.

— Pourquoi ne pas la lui avoir demandée ? s'étonna le chef superintendant.

Le médecin ne parvint pas à dissimuler sa gêne.

— Il m'a pris à la gorge, avec toutes ses exigences, et il m'a fait presque perdre ma placidité habituelle ! Et puis, quelle importance ? Cet homme était en parfaite santé, ce n'est pas la boue curative d'Abano qui l'a tué : voilà l'essentiel.

— Je suis obligé de vous poser une question technique, docteur. Ne la prenez pas mal.

— Je vous écoute.

Le ton de Dodson devint grave.

— D'après le rapport de la police italienne, fondé sur les déclarations d'Angelo Bardini, Winlock Taintrope a été découvert mort, lundi, à 10 h 45. À cette heure-là, ce jour-là, où vous trouviez-vous ?

Malgré la précaution oratoire du chef superintendant, le médecin prit très mal la question.

— Vous osez me soupçonner, moi ! Si vous étiez italien, je...

— Répondez, je vous prie.

— Rien de plus facile... Le matin, je donne des

consultations privées à mon cabinet, au centre ville, et je ne reçois que sur rendez-vous.

Le praticien consulta son carnet.

— À 9 heures, j'ai reçu M. Guzzi ; à 9 h 30, M. et Mme Stefanio, et leur petite fille Lucia ; à 10 heures, Mlle Di Fragio ; à 10 h 15, Mme Lupaldi et ses deux fils ; à 11 heures, M. et Mme Todesca ; à 11 h 45, Mme Peruzzi. À 12 h 15, comme chaque jour, j'ai dicté du courrier à ma secrétaire et, à 13 heures, j'ai déjeuné avec ma femme et mon fils aîné. Comme témoins, j'ai mon assistante et les personnes qui sont venues me consulter. Je vais vous donner leurs adresses et leurs numéros de téléphone pour que vous puissiez vérifier. Vous désirez connaître la suite de ma journée ?

— Ce ne sera pas nécessaire, docteur. Merci pour votre collaboration.

6.

— Appelez le Yard, mon cher Dodson, exigea Lord Percival après que les deux hommes furent sortis du cabinet du médecin, et demandez à vos enquêteurs de se débrouiller pour dénicher le dossier médical de Taintrope et nous donner le maximum de précisions sur son état de santé. Ensuite, nous appellerons les clients du docteur.

— Vous n'avez aucune confiance en lui, diraiton…

— Tout en allant vite, nous devons avancer pas à pas et bâtir notre raisonnement sur des certitudes.

Angus Dodson était équipé du matériel nécessaire pour travailler efficacement : un portable lui permettant de communiquer avec le monde entier, et un mini-ordinateur qui lui donnait accès à n'importe quel système d'informations dont, bien entendu, celui du Yard. Aussi le chef superintendant lança-t-il rapidement ses limiers sur la trace du dossier médical de Taintrope.

La vérification de l'alibi du docteur Particoni prit moins d'une demi-heure. S'annonçant comme un policier, Lord Percival eut la chance d'obtenir au téléphone tous les patients cités par le praticien. Et tous confirmèrent leur rendez-vous aux heures indiquées, de même que l'assistante du thérapeute.

— Nous pouvons rayer Particoni de la liste des suspects, conclut Dodson.

— Allons voir la cabine tragique, proposa Lord Percival.

Le directeur de l'hôtel Euganei conduisit lui-même les deux enquêteurs jusqu'au large couloir du fango, au rez-de-chaussée de l'hôtel.

Il se présentait comme une allée bordée de cabines numérotées. Sol et murs étaient carrelés avec soin, et de petites lumières atténuaient l'aspect médical de l'endroit.

— Le drame s'est produit dans la cabine 4... Avec l'autorisation du commissaire Gaudeo, j'ôte les scellés et je vous laisse.

La cabine était spacieuse et entièrement carrelée de bleu. À gauche de la porte en verre opaque, une douche. En face de la porte, un lit sur lequel s'étendait le curiste. À droite du lit, une baignoire creusée profondément dans le sol. On y descendait par trois marches. Une petite fenêtre éclairait la pièce. C'est à cette dernière que s'intéressa Angus Dodson, mais ses observations le déçurent.

— Impossible de s'introduire par là, l'ouverture est trop étroite. Même un nain maigrelet n'y parviendrait pas.

— Oublions la fenêtre, concéda Lord Percival. Il est possible de se cacher dans la douche pour n'être pas vu de quelqu'un qui entre.

— Si assassin il y a, il aurait donc pu attendre sa victime...

— Très risqué, cependant, car la personne qui

enduit le curiste de fango l'aurait vu en se retournant et en quittant la cabine.

— En se calant bien contre la paroi, et si le technicien était inattentif, l'intrus aurait pu passer inaperçu.

Lord Percival semblait sceptique. Avec minutie, lui et Dodson commencèrent à explorer la cabine dans ses moindres détails.

Le premier indice bizarre fut découvert par Angus Dodson : un minuscule déchet marron foncé coincé dans l'angle de la porte vitrée, à l'endroit où elle pivotait.

Pour identifier cette substance, le chef superintendant eut recours à l'une des inventions les plus prodigieuses du génie humain : le couteau suisse. Y était incorporée une petite loupe qui permit à Dodson d'aboutir à une conclusion irréfutable.

— Du tabac, déclara-t-il.

— Étrange... D'après les instructions placardées à l'entrée du couloir du fango, il est strictement interdit de fumer.

— C'est peut-être le préposé à la boue qui fume... Ce fragment a dû tomber de sa blouse.

— Nous vérifierons.

Utilisant une pince comprise, elle aussi, dans le couteau suisse, Dodson glissa le fragment de tabac dans l'une des pochettes en plastique qu'il emportait toujours avec lui. Il transmettrait l'indice à la police italienne pour expertise.

Lord Percival s'attarda sur le lit métallique, de conception moderne. Sur le sommier était posée une alèse, et c'est à la tête de celle-ci que le châtelain repéra un long cheveu châtain. La loupe suisse de Dodson confirma la première impression, et le cheveu fut également glissé dans une pochette en plastique.

— S'il s'agit d'un cheveu de Taintrope, c'est sans intérêt, reconnut l'Écossais. En revanche, s'il appartient à quelqu'un d'autre, il faudra l'identifier.

— Sans doute un autre patient, avança Dodson.

— Ce serait étonnant, étant donné la propreté de l'endroit. Dans un établissement de cette catégorie, les cabines sont lavées et nettoyées après chaque application de fango. Si on n'avait pas laissé celle-ci en l'état à cause de la mort de Taintrope, ce cheveu aurait disparu.

Le chef superintendant eut un subit espoir.

— L'assassin — s'il y a bien un assassin — aurait-il laissé une trace de son passage ? Avec un cheveu, nous avons de bonnes chances de l'identifier !

— Puisse le ciel nous sourire, mon cher Dodson.

À quatre pattes, le châtelain examina chaque carreau. Cette lente et minutieuse recherche ne fut pas stérile. Grâce à la loupe du couteau suisse, Lord Percival parvint à identifier la minuscule chose noire découverte près de la porte de la cabine.

— Un fragment de mine de crayon utilisé dans un portemine.

— Tout à fait étrange, jugea Dodson ; ce n'est pas le genre d'endroit où l'on prend des notes !

— Par bonheur, le sol n'a pas été lavé ; sinon, ce curieux indice nous échappait. Continuons… Nous ne sommes peut-être pas au bout de nos surprises.

En dépit de leur acharnement au travail et d'une attention redoublée, les deux enquêteurs ne firent pas d'autres trouvailles.

La cabine n° 4 avait cessé de parler.

— L'imagination des Italiens pour la préparation des pâtes est tout à fait remarquable, dit Lord Percival au commissaire Gianfranco Gaudeo qu'il avait invité à dîner à l'excellente table de l'hôtel Euganei.

Un rafraîchissant marzemino, le rosé que buvait don Giovanni dans l'opéra de Mozart, accompagnait de succulentes lasagnes, suivies d'un colin nappé de sauce aux câpres dont Angus Dodson apprécia la saveur.

— Pour être franc, mes chers collègues, avoua Gaudeo, nous étions trop émus pour pousser nos premières investigations aussi loin que vous. Bien entendu, je fais parvenir immédiatement vos trois indices à notre laboratoire de pointe de Milan. Soyez rassurés, rien ne nous échappera. Mais tout cela est bien étrange…

— Étrange, répéta Lord Percival, mais insuffisant pour nous permettre de conclure à un crime.

— Tout de même, insista le commissaire, la version d'une mort naturelle devient de plus en plus improbable.

— Attendons le verdict de Melrose.

— Mais vous, messieurs, quelle est votre intime conviction ?

— Nous sommes en présence de bizarreries, répondit Dodson. Pour le moment, rien de plus. Si, tout de même… la parfaite santé de Winlock Taintrope, d'après le docteur Particoni. Si nous avons la confirmation par Londres, cet élément pèsera lourd dans la balance.

Le commissaire Gaudeo était enchanté.

— Je suis sûr que vous l'aurez ! Et la boue d'Abano sera déclarée innocente.

— Qui s'occupait des curistes au moment du drame ? interrogea Lord Percival.

— Angelo Bardini et son adjointe, Antonella Vescovi.

— Nous les interrogerons demain matin, à la première heure.

Gaudeo parut gêné.

— C'est un peu… délicat. Pour Antonella Vescovi, pas de problème, puisqu'elle s'occupait des femmes Pour Bardini, en revanche…

— Expliquez-vous, commissaire.

— Eh bien, Lord Percival, vous allez comprendre aisément… C'est Bardini qui a découvert le cadavre de Winlock Taintrope. On peut donc supposer que, malgré son expérience professionnelle, il a commis une erreur ou une négligence fatales… En ce cas, le fango est totalement innocent, et il ne s'agit que d'une déplorable défaillance humaine.

— Vous ne l'avez quand même pas mis en prison ?

— Un peu, Lord Percival. C'était plus prudent pour tout le monde.

— Avez-vous des preuves contre lui ? interrogea Dodson.

— Aucune, mais on peut raisonnablement considérer Angelo Bardini comme le principal suspect. Et s'il faut donner quelqu'un en pâture à la presse…

Le ton de Lord Percival devint nettement moins convivial.

— Nous avons conclu un contrat, commissaire : aucune entrave à notre enquête. Débrouillez-vous pour que nous puissions interroger Bardini dès demain matin.

7.

Le téléphone sonna à 5 heures du matin, arrachant Angus Dodson à un profond sommeil. Il décrocha d'une main hésitante et répondit d'une voix pâteuse.

— Ah, Lord Percival... À la morgue, tout de suite ?... Oui, nous prendrons le petit déjeuner plus tard.

Le chef superintendant s'habilla aussi vite qu'il le put et rejoignit le châtelain dans le hall de l'Euganei. En dépit de l'heure très matinale, des curistes en peignoir blanc se dirigeaient vers le couloir du fango.

Costume gris clair, nœud papillon rouge sombre, escarpins italiens, trois-quarts en peau de chameau et à col de fourrure, le visage reposé comme s'il avait bénéficié d'une longue nuit : une fois de plus, la prestance du lord impressionna Angus Dodson, dont le portable sonna.

— Oui, c'est moi... Ah, vous avez réussi à joindre le médecin traitant de Taintrope... Une soirée mondaine, à Londres... Il a beaucoup râlé ? Vous lui transmettrez des remerciements officiels... Il a accepté de parler ? Bon, les résultats...

L'esprit encore embrumé, le chef superintendant écouta pourtant avec attention, remercia et remit son portable en veille.

— Ce ne fut pas facile, Lord Percival, mais mes collaborateurs ont su se montrer persuasifs. Le médecin traitant de Taintrope a déclaré que ce dernier ne souffrait d'aucune maladie grave. Cœur et reins en parfait état, dynamisme surprenant pour un homme de son âge, caractère impossible, et une seule petite gêne : des rhumatismes qui, de temps à autre, rendaient ses genoux douloureux.

— Le praticien lui avait-il recommandé une cure à Abano ?

— Non, mais il lui avait prescrit des anti-inflammatoires en cas de douleur gênante.

— Sans doute Winlock Taintrope a-t-il entendu parler d'Abano par une relation satisfaite de sa cure... En tout cas, nous tenons le motif de sa venue ici. Pardon de vous avoir réveillé si tôt, superintendant, mais Melrose veut nous voir immédiatement.

La Fiat de la police italienne traversa la petite ville à grande allure pour conduire les deux enquêteurs à la morgue laboratoire du docteur Filipini.

William Melrose avait des poches sous les yeux et il fumait une pipe au fourneau en forme de tête de mort d'où sortait une curieuse fumée rose.

— Alors, les heureux dormeurs... Vous vous êtes reposés pour moi ? Votre bonhomme, je l'ai examiné sur toutes les coutures, avec la collaboration de mon copain Filipini. C'est un bon, ce gars-là... Il manque encore un peu d'expérience, mais il a le sens du macchabée. Après mes conclusions, il est parti dormir.

— Pouvons-nous les connaître ? demanda Lord Percival.

— C'est un crime, déclara William Melrose. La boue n'y est pour rien.

— Une excellente nouvelle pour Abano !

— Maintenant, à vous de jouer.

— Comment a-t-on tué Winlock Taintrope ?

— Bon sang de bon sang, qu'est-ce que j'ai pu me compliquer la vie ! J'ai fouillé ce cadavre dans tous les sens en recherchant les coups tordus... Et c'était le crime le plus simple, un truc de débutant ! Ah, je vous jure... Ce qu'on peut être nul, parfois. À vous dégoûter du métier...

Le légiste tira une bouffée de sa pipe.

— Quel était ce truc de débutant ? interrogea Dodson, impatient.

Melrose regarda droit devant lui.

— Les dents... D'habitude, je m'en occupe en premier, surtout quand il faut identifier un cadavre ou confirmer une identité douteuse. Là, pas de problème : grâce aux papiers retrouvés dans les affaires de Taintrope et à sa notoriété, on savait que c'était bien lui. Je n'attendais pas monts et merveilles de sa dentition, et c'est pourtant là que se trouvait la clé du problème. Taintrope était un type robuste, en parfaite santé, avec juste quelques rhumatismes qui, de temps à autre, devaient lui chatouiller les genoux. Côté dents, impeccable. Même pas une carie. Du solide fait pour durer.

Dodson se gratta la haut du crâne.

— Et... la preuve du crime ?

— Un très mince filament de coton entre deux incisives.

— Avez-vous réussi à établir sa provenance ?

— L'idée est venue de mon copain italien : ce filament provient du linge avec lequel on essuie le front du curiste qui sue à grosses gouttes pendant qu'il est enveloppé dans la boue. Votre Taintrope, on l'a étouffé, et il n'avait qu'un moyen dérisoire de se défendre : mordre dans l'arme du crime. L'assassin l'a maintenu dans son linceul de boue tout en l'empêchant de respirer. Une mort plutôt atroce, mais la victime a été tellement surprise que ses capacités de résistance ont vite été réduites à néant. Taintrope a sans doute déchiré le linge, bien qu'il soit très solide ; en tout cas, il en reste une trace suffisante pour comprendre le mécanisme du meurtre. Ça me rappelle une bonne dizaine de cas semblables.

— Les coupables étaient-ils des hommes ou des femmes ?

— Des hommes en majorité, mais une femme déterminée peut arriver à étouffer un homme comme Taintrope, de taille et de poids moyens. De plus, n'oubliez pas qu'il était allongé sur le dos et emprisonné dans la boue et plusieurs couvertures. À mon avis, si l'on tient compte de l'inévitable panique de la victime, l'assassin n'a pas eu besoin de beaucoup de temps pour perpétrer son crime. Un crime propre, sans arme à feu ni arme blanche, sans produit chimique... Il ne restait plus qu'à accuser la boue trop chaude. D'accord, Taintrope n'était pas cardiaque, mais il y a encore des collapsus inexpliqués et inexplicables, et il aurait bien fallu conclure à la culpabilité du fango. Dieu merci, Taintrope avait de bonnes dents ! Grâce à son ultime réflexe, nous savons qu'il est mort assassiné. Vous voulez le voir ?

Angus Dodson ne parut pas emballé.

— Rassurez-vous, je l'ai rendu présentable.

William Melrose ne s'était pas vanté.

Face au cadavre, Lord Percival se souvint des photographies publiées par de grands magazines internationaux qui avaient consacré des reportages à l'infatigable Winlock Taintrope. Un visage rond, vaguement asiatique, aux traits épais, des cheveux très noirs, des lèvres méprisantes. Quoique figé dans la mort, le financier affichait encore ambition et détermination.

En le contemplant, le terme « prédateur » venait aussitôt à l'esprit. Qui manifestait une faiblesse devant lui ne devait pas avoir le temps de s'en repentir.

— Un type redoutable, estima le légiste. Il a dû laisser pas mal de victimes derrière lui, même si elles paraissent encore vivantes. Enfin, ça dépasse mes compétences.

— Un autre détail important, William ?

— Une observation de mon collègue italien, Lord Percival : Taintrope était plutôt soigneux de sa personne, voire coquet. Ses tempes, légèrement grisonnantes, étaient enduites de crème hydratante à la violette froissée. Les brasseurs d'affaires ont parfois de ces délicatesses…

— Rien d'autre ?

— Malheureusement, non. Si vous n'avez plus besoin de moi, je vais m'offrir un énorme breakfast et je rentre à Londres. Les cadavres ont beau être au frigo, ils n'aiment pas trop attendre.

La conférence de presse eut lieu à 8 heures du matin. Dans sa mairie pleine à craquer de journalistes de la télévision, de la radio et de la presse écrite, le maire d'Abano avait révélé, avec une passion convaincante, que le fameux Winlock Taintrope avait été victime d'un assassin et que le fango était totalement et définitivement hors de cause.

Pour Abano, la catastrophe se transformait en triomphe : la ville de cure allait faire la une des médias. Et lorsque le chef superintendant Angus Dodson, de Scotland Yard, et le grand criminologue Lord Percival Kilvanock, appelés à intervenir dans le cadre de la coopération européenne des polices, avaient corroboré les dires du maire, tous les doutes avaient été levés. Les curistes pouvaient se laisser enduire de boue en toute sérénité.

Le ministre de la Culture téléphona au châtelain pour le féliciter, mais ce dernier fut loin de manifester le moindre triomphalisme. Avoir innocenté le fango était une chose, identifier l'assassin une autre.

Et s'il lui venait l'idée de frapper à nouveau dans l'une des cabines d'un établissement thermal ? Cette perspective épouvanta le ministre, qui pria le criminologue de redoubler d'efforts pour obtenir très rapidement un résultat.

La bataille d'Abano était loin d'être gagnée.

8.

— Je suis libre, dit Tutto Bene d'une voix inquiète, je suis vraiment libre ?

— Allez à la cabine n° 4, ordonna le commissaire Gaudeo, et faites votre travail.

Angelo Bardini pâlit.

— La cabine n° 4 ? Mais c'est celle où est mort l'Anglais !

— Écoutez, Bardini, nous n'allons pas discuter dans le vide. Je vous donne un ordre, vous l'exécutez. Sinon, vous retournez en prison.

— Mais je suis innocent, commissaire !

— Dépêchez-vous, ou je vais m'énerver.

Tutto Bene n'insista pas.

Comme chaque matin, à l'exception du dimanche, il pénétra dans le couloir du fango où officiaient Antonella Vescovi, son adjointe, et un suppléant engagé d'urgence pour s'occuper des clients de l'hôtel Euganei. Par chance, en cette basse saison, les curistes étaient peu nombreux. À Noël et à Pâques, les deux périodes de pointe, il fallait toute une brigade pour satisfaire une clientèle nombreuse.

— Ils t'ont enfin libéré ! s'exclama la dynamique Antonella. Mais qu'est-ce qu'ils te reprochent ?

— Je n'y comprends rien... Ils m'ont interrogé des heures durant pour me faire avouer que j'avais commis une faute professionnelle et, maintenant, ils me demandent de reprendre le travail !

— Il faut que je m'occupe d'une curiste, déplora l'Italienne. Nous reparlerons tout à l'heure.

Comme un boxeur groggy, Tutto Bene poussa la porte vitrée de la cabine n° 4.

Un homme grand, athlétique, le regard perçant, était assis sur une chaise. Vêtu d'un peignoir blanc portant l'inscription Euganei, il se leva et serra la main du technicien.

— Lord Percival Kilvanock. Heureux de vous rencontrer... Vous êtes bien Angelo Bardini ?

— Oui, oui... Mais... Qu'est-ce que je dois faire ?

— Votre travail habituel... et répondre à quelques questions. En compagnie du chef superintendant Dodson, j'assiste la police italienne pour identifier au plus vite l'assassin de Winlock Taintrope. C'est bien dans cette cabine que vous avez découvert son cadavre ?

— Oui, oui... Mais vous... Vous voulez la boue ?

— Bien entendu. Vous allez me faire tout ce que vous avez fait à Taintrope.

— Je travaille d'après les ordres du médecin, rappela Tutto Bene. Vous passez une visite médicale et il me donne les indications pour une application totale ou partielle du fango.

— Pour Taintrope, c'était la totale ?

— Oui.

— En ce cas, la même chose pour moi.

— Mais je n'ai pas reçu les ordres du médecin...

— Nous nous en passerons.

— Ce n'est pas réglementaire, je n'ai pas le droit de faire ça... Je risque d'être renvoyé, moi !

— Rassurez-vous, je suis en excellente santé et je vous couvre. Expliquez-moi la marche à suivre.

— Ben… Est-ce que vous êtes tout nu sous votre peignoir ?

— C'est une habitude que j'ai prise.

— Vous ne bougez pas d'ici, je vais chercher le fango.

Tutto Bene sortit de la cabine et réapparut moins d'une minute plus tard, porteur de deux seaux en plastique épais contenant une boue noirâtre et fumante.

Il renversa le contenu des seaux sur la couche et commença à étaler la boue thérapeutique.

— Elle est brûlante, révéla-t-il, mais vous n'avez rien à craindre.

Lord Percival avait affronté bien des épreuves au cours de son existence, mais celle-là s'annonçait redoutable. Avec beaucoup d'habileté, Tutto Bene avait dessiné la forme d'un corps en respectant la taille du châtelain.

— Vous avez l'œil, monsieur Bardini.

— L'habitude… Ça fait tant d'années que j'exerce ce métier ! La boue et moi, on s'entend bien. Je sais comment la travailler, et mes clients sont contents. Bon, déshabillez-vous… je n'aime pas que le fango refroidisse.

— Quelle est sa température ?

— Entre 42 ° et 46 °.

— Combien de temps dure l'enveloppement ?

— De quinze à vingt minutes, exceptionnellement davantage.

— Qu'aviez-vous prévu pour Taintrope ?

— Comme c'était son premier contact avec le fango, une boue pas trop chaude et un petit quart d'heure.

— Même traitement pour moi, par conséquent.

— Vous, vous êtes plus jeune et plus costaud. Vous tiendrez bien vingt minutes avec la boue la plus chaude. Allons-y.

Tutto Bene aida le châtelain à retirer son peignoir et l'accrocha à une patère.

— Tenez-vous bien droit, les pieds sur le linge que j'ai déposé sur le sol, à côté du lit, et tournez-moi le dos. Je vais vous appliquer de la boue sur le cou, les épaules, le dos et les fesses.

L'épreuve débuta.

Le premier contact avec le fango ne fut pas désagréable. La boue était très chaude, mais elle ne brûlait pas.

— Maintenant, allongez-vous.

Tutto Bene aidait les personnes âgées ou celles qui avaient été victimes d'un accident, mais Lord Percival se débrouilla seul.

Cette deuxième étape fut un peu plus rude que la première, sans atteindre l'insupportable. Des talons à la nuque, le châtelain ressentit la présence ardente du fango.

— Jusqu'à ce moment-là, aucun problème avec Taintrope ?

— Ah si ! s'exclama Tutto Bene. Il n'était content de rien ! Son peignoir était trop étroit, la cabine pas assez lumineuse, le lit trop haut, la boue trop chaude… J'ai connu bien des clients plus ou moins râleurs, mais celui-là méritait le maillot jaune !

— Vous devez être un admirateur de Coppi et de Bartali.

— Ah, ça, oui… Comment avez-vous deviné ?

— Aujourd'hui, l'Italie manque de grands coureurs cyclistes capables de remporter le tour de France, à part Pantani. Par bonheur, elle a toujours de merveilleuses équipes de football, comme la Juventus ou l'Inter de Milan.

— Moi, je suis supporter de la Juve ! Quand elle joue bien, c'est la meilleure équipe du monde.

— Vous portez toujours des gants ?

Angelo Bardini regarda ses gants de plastique transparents, ressemblant à ceux d'un chirurgien.

— C'est obligatoire, pour l'hygiène. Moi, je préfère toucher la boue avec les mains, mais le règlement, c'est le règlement.

— Avez-vous aidé Taintrope à s'allonger ?

— Non, il n'a pas eu besoin de moi. En dépit de son âge, il avait beaucoup de vitalité et semblait très nerveux. En fait, une vraie pile électrique !

— Sa fiche médicale comportait-elle des indications particulières ?

— Insister sur les genoux... Du banal. De toute manière, je prends toujours soin des articulations pour tout le monde. Le genou, c'est à la fois fort et fragile, et ça s'use... Grâce au fango, on le maintient souple et on lui évite beaucoup d'ennuis.

— Winlock Taintrope ne vous a rien demandé de spécial ?

— Non, il n'a pas cessé de râler jusqu'au moment où il a été allongé, comme vous, sur ce lit. Quand j'ai commencé à l'enduire de boue, il a enfin fermé son clapet ! Soulevez la tête.

D'un geste très sûr, Tutto Bene façonna un épais coussin de fango sous la nuque de Lord Percival. Puis il disposa de véritables paquets de boue sur les genoux et les pieds, avant de plaquer les mains paumes ouvertes contre les cuisses et de recouvrir le tout d'un linceul brûlant.

À l'épreuve de la terre humide se joignait celle du feu ! Et lorsque Angelo Bardini enveloppa son corps recouvert de fango d'un drap de jute et de deux couvertures de laine, le châtelain éprouva les sensations d'une momie encore vivante.

Une angoissante question lui traversa l'esprit : et si Bardini était l'assassin ? Comme Taintrope, Lord Percival était complètement à sa merci.

9.

— *Tutto bene*, Lord Percival ?

— Tout va bien.

Avec une satisfaction certaine, l'Écossais constata qu'il avait encore l'usage de la parole.

— Ne vous inquiétez pas, vous allez beaucoup suer. Le fango fera sortir toutes les toxines qui vous empoisonnent la vie.

Sur la couverture de laine, Angelo Bardini déplia un linge blanc en coton fin et doux et essuya avec délicatesse le front du châtelain sur lequel perlaient déjà des gouttes de sueur.

— Comment s'est comporté Taintrope ?

— Un dur à cuire... Mais il a sué comme tout le monde, en pestant contre la chaleur de la boue !

— Et vous l'avez essuyé avec un linge semblable à celui-là ?

— Bien sûr, ça fait partie du travail. Il a quand même râlé en prétendant que le linge était trop rugueux, mais ça m'a laissé indifférent.

— Quelle fut la suite du programme ?

— Je suis sorti de la cabine pour m'occuper des autres curistes.

— Vous en avez donc plusieurs en même temps sous votre responsabilité ?

— Il y a le curiste dans le fango, celui qui va aller dans le fango, celui que je dégage du fango pour le plonger dans le bain d'ozone... Et il faut faire tourner tout ça avec professionnalisme et dans la bonne humeur ! Mais ce travail me plaît et je n'en changerais pour rien au monde.

— Êtes-vous revenu dans la cabine de Taintrope pour lui essuyer le visage ?

— Une seule fois, car il ne suait pas beaucoup. Pour certains curistes, je reviens deux fois avant de les libérer définitivement.

— Entre la dernière fois où vous avez vu Taintrope vivant et le moment où vous avez découvert son cadavre, combien de temps s'est-il écoulé ?

— Six, sept minutes...

— Quelqu'un a-t-il pu entrer et sortir de la cabine sans que vous vous en aperceviez ?

Tutto Bene réfléchit en croisant les bras.

— Oui, c'est certain, d'autant plus que je laisse la porte de la cabine ouverte quand mon client se trouve dans la boue. S'il ne se sent pas bien, il appelle et je l'entends. C'est très rare, mais il faut prendre toutes les précautions.

— Winlock Taintrope a-t-il appelé ?

— Oh non, Lord Percival ! Sinon, j'aurais accouru.

Après avoir eu la sensation de se trouver au cœur de la lave et d'être inéluctablement ébouillanté, l'Écossais se laissait envahir par une chaleur plus douce, comme si le feu du fango passait dans son propre corps en lui communiquant des énergies subtiles et apaisantes.

— Quand vous êtes entré dans cette cabine pour libérer Taintrope de la boue, avez-vous immédiatement perçu qu'un drame venait de se produire ?

— Je vous avoue que non, Lord Percival. Il n'émettait plus un flot de protestations, et j'ai attribué ce silence aux vertus du fango. Je lui ai annoncé que l'épreuve de la boue était terminée, mais il ne m'a pas répondu. J'ai recommencé et je me suis approché de lui... Là, j'ai compris qu'il se passait quelque chose d'anormal.

— Décrivez-moi son visage.

— Des yeux fixes, c'est ce qui m'a frappé.

— Les lèvres ?

— Entrouvertes, je crois, mais je ne me souviens plus très bien... J'ai commencé à ôter les couvertures, mais il était toujours inerte !

— Avez-vous pensé à... un accident ?

— Oui et non. Je n'ai pensé à rien de précis, sinon à chercher de l'aide ! Les secours d'urgence sont arrivés, et l'on a constaté le décès.

— C'était votre premier cas tragique ?

— Le premier, et j'espère le dernier ! Comme je l'ai dit tout de suite, le fango n'est pas responsable. Moi, les malades du cœur, je les repère tout de suite, même ceux que le docteur a un peu ratés. Sur la tête de ma mère, je vous jure que ce client-là n'était pas cardiaque !

— De quoi est-il mort, à votre avis ?

La question parut stupéfier Tutto Bene, qui resta interdit pendant de longues secondes.

— Je n'en sais rien, moi... Ce qui est sûr, c'est que le fango n'y est pour rien.

— Et vous n'êtes vraiment pour rien dans la mort de Winlock Taintrope ?

La colère brilla dans le regard d'Angelo Bardini.

— Vous osez me soupçonner...

Un instant, Lord Percival crut que l'Italien allait se ruer sur lui pour le faire passer de vie à trépas. Mais

Tutto Bene se contenta d'appuyer vigoureusement sur les couvertures pour reformer le linceul de boue qui, à cause de la sueur, avait tendance à se décoller du corps.

— Nous sommes certains que Taintrope a été assassiné, révéla le châtelain. Il va falloir tout me dire, monsieur Bardini.

— Mais... Je vous ai tout raconté !

— Nous sommes loin du compte.

— Pourquoi dites-vous ça ?

— Parce que je désire connaître le nom de tous les curistes qui se trouvaient dans le couloir du fango au moment de la mort de Winlock Taintrope.

— Ah... ça ne pose pas de problème. Laissez-moi réfléchir un instant...

Tutto Bene se concentra.

— Le matin du crime, nous étions deux de service, ma collègue Antonella Vescovi et moi-même. Moi, je peux vous parler des cabines 1, 2, 3 et 4 dont je m'occupais. Elle, c'étaient la 10, la 11 et la 12. Les autres cabines étaient vides, car nous étions en fin de matinée et nous nous occupions des derniers curistes. Dans la cabine 1, en face de la 9 — ce sont les plus proches de l'ascenseur qui conduit directement des chambres au couloir du fango —, il y avait un nouveau client, M. Cernunisca. J'avais fini de m'occuper de lui, il se rhabillait et se reposait dans sa cabine avant d'aller se faire masser.

— Comportement normal ?

— Tout à fait. Quand on sort du bain d'ozone, on peut avoir la tête qui tourne, et il vaut mieux s'asseoir quelques minutes.

— Un client sympathique ?

— Pas vraiment, Lord Percival ! Pourtant, il ressemblait un peu à l'acteur américain Paul Newman, qui est un sacré séducteur ! Ce Cernunisca ne manque pas de charme, mais il a quelque chose d'inquiétant… le regard, oui, c'est son regard que je n'aime pas. Des yeux trop mobiles, qui vous observent sans cesse, comme s'ils recherchaient quelque chose de douteux… Un homme plutôt nerveux, d'une trentaine d'années, pas trop bavard… Je ne m'en serais pas fait un ami.

— Depuis combien de temps était-il en cure ?

— Une semaine.

— Rien de particulier à signaler ?

— Non… Il supportait bien le fango, appréciait beaucoup le bain à l'ozone comme la plupart des gens et semblait heureux de sa cure.

— De quoi souffrait-il ?

— À mon avis, de rien. Il s'offrait une cure préventive, prenait du plaisir à nager dans la piscine thermale d'eau bien chaude en plein hiver et savourait l'excellente cuisine de l'hôtel. Abano, c'est aussi une bonne manière de passer des vacances en s'occupant de sa santé.

— Parlait-il à d'autres curistes ?

— Dans le couloir du fango, à l'exception de quelques Italiennes endurcies, on n'est pas bavard… Mais Cernunisca aimait bien arriver en avance et observer les autres. À un moment, je me suis même demandé s'il n'était pas un policier qui se comportait ainsi par déformation professionnelle.

— C'était le cas ?

— Je l'ignore.

— Vous ne lui avez pas posé la question ?

— Non, mais ça n'allait pas tarder. Quand tout se passe bien et que j'ai un peu de temps devant moi, j'aime bien discuter un peu et savoir qui je mets dans la boue. Une semaine de cure, ça crée des liens.

Comme ce Cernunisca était un peu glacial, je devais l'apprivoiser. Ah, un détail : lorsqu'il est arrivé pour son premier fango, il portait une chevalière en or. Je lui ai demandé de l'ôter, et il a eu une réaction bizarre, comme si je voulais la lui voler ! Je l'ai rassuré en lui expliquant que j'allais mettre sa main dans la boue, et il s'est détendu.

— Qui se trouvait dans la cabine 2 ?

— Un dénommé Picky Romsen. Une vraie tête d'assassin, celui-là.

10.

Tutto Bene essuya de nouveau le front du châtelain.

— Vous suez bien, Lord Percival : c'est excellent. Le fango va vous rajeunir.

— Pourquoi portez-vous un jugement aussi sévère sur ce Romsen ?

— On jurerait Sylvester Stallone en plus laid et en plus méchant ! De quoi affoler les populations, je vous jure !

— Un nouveau client, lui aussi ?

— Oui.

— Quelle nationalité ?

— D'après la réception, un Anglais.

— A-t-il salué Winlock Taintrope ?

— Oui, ils avaient même l'air de bien se connaître.

Le châtelain commençait à avoir envie de sortir de la boue. La chaleur s'était estompée, et il ne demeurait plus qu'une pénible impression d'immobilité.

— Ce que vous venez de dire est très important, monsieur Bardini ; pouvez-vous être formel ?

— J'ai l'habitude d'observer les gens... Taintrope est arrivé une vingtaine de minutes avant l'heure de son rendez-vous. Romsen est allé vers lui dès qu'il l'a aperçu, comme quelqu'un qu'il fréquentait de longue date. Ils ont échangé quelques mots en anglais que je n'ai pas compris, mais il m'a semblé que le ton montait. J'ai dû interrompre leur conversation, car je devais enduire Romsen de boue.

— Quand vous avez découvert le cadavre de Taintrope, où se trouvait Romsen ?

— Dans le bain d'ozone.

— On peut en sortir facilement ?

— Bien sûr, vous allez voir... À vous d'en bénéficier.

Tutto Bene enleva les couvertures de laine, puis ôta à la main un maximum de boue des pieds, des mains et des hanches de Lord Percival.

— Levez-vous lentement et marchez jusqu'à la douche. Si la tête vous tourne trop, appuyez-vous sur mon bras.

— Je crois que ça ira.

Le châtelain eut l'impression de sortir du centre de la Terre, et il apprécia ses premiers pas d'homme libre.

Tutto Bene régla le débit et la chaleur de l'eau qui jaillissait d'un gros pommeau qu'il maniait avec dextérité pour débarrasser le corps de l'Écossais de toute trace de fango.

— Tout va bien, Lord Percival ?

— Cette douche est une merveille inespérée.

— Tournez-vous, je vous prie.

— Si quelqu'un s'était dissimulé dans cette douche pendant que vous veniez essuyer le visage de Taintrope, l'auriez-vous aperçu ?

Tutto Bene hésita.

— Normalement, oui... Mais s'il s'était bien calé contre la paroi du fond et si j'avais fait vite en pensant au prochain client, j'aurais pu ne pas le voir.

— Et ce fut le cas ?

— Je crois bien... Alors, vous pensez...

— Une piste à explorer.

— Si la tête vous tourne toujours, accrochez-vous à la rampe et descendez doucement dans la baignoire. Attention aux marches.

Un peu vacillant, Lord Percival s'allongea dans une longue et profonde baignoire où l'arrivée d'ozone provoquait un bouillonnement.

La sensation fut merveilleuse. Adam avait dû la connaître en se baignant dans les fleuves du paradis avant de commettre l'irréparable.

— La température vous convient-elle ?

— Elle est parfaite, monsieur Bardini. Vous pratiquez votre métier de manière remarquable.

L'Italien fut sensible au compliment.

— Dites-m'en davantage sur Picky Romsen, je vous prie.

— Un homme glacial au visage sévère, des paroles pointues, une attitude qui vous faisait aussitôt sentir votre infériorité.

— C'est lui qui vous a révélé son nom ?

— Il m'a dit : « Je suis Picky Romsen. Tâchez de bien vous occuper de moi, sinon vous aurez des ennuis. » À la suite de ça, nous n'avons pas échangé un seul mot. Il ne m'a même pas remercié quand je lui ai essuyé le visage. En sortant du fango, il faisait quand même moins le fier… J'ai bien vu qu'il vacillait, mais il ne m'a pas demandé mon aide et je ne la lui ai pas offerte : on a sa fierté. Côté maladie, rien de précisé sur sa fiche. Il m'a semblé en parfaite santé.

Le bain à l'ozone était un délice. Tous les muscles du châtelain étaient parfaitement détendus.

— Passons à la cabine 3.

— Un curiste d'exception, déclara Tutto Bene avec une voix où perçait l'émotion : M. Giancarlo Manaudi.

— Le parfumeur ?

— Lui-même. Vous le connaissez ?

— Pas personnellement, mais sa réputation a franchi les frontières de l'Italie.

— C'est un homme racé, très riche, un grand seigneur. Il n'a pas encore quarante ans, mais il vient à l'hôtel depuis cinq ans, à la suite d'un accident de cheval. Grâce au fango, ses douleurs à la hanche s'estompent peu à peu. Pour moi, c'est un très grand honneur de lui appliquer le fango.

— Au moment où vous avez découvert le cadavre de Taintrope, où se trouvait Giancarlo Manaudi ?

— Vous n'avez aucune raison de le soupçonner, Lord Percival, puisqu'il était dans la boue, sous les couvertures !

— Donc, impossible pour lui de se déplacer.

— On peut toujours se libérer du fango, mais si M. Manaudi était allé d'une cabine à l'autre, quel chantier il aurait laissé sur son passage !

Tout en parlant, Tutto Bene avait ramassé en boule le fango dont il avait enduit le châtelain et refermé sur elle les pans d'une toile de jute.

— Que devient cette boule ? interrogea l'Écossais.

— Je place ce paquet sur un chariot que vient chercher Francisco quand il est suffisamment chargé avec les boules de fango provenant des différentes cabines. Et c'est ce même Francisco qui apporte les nouveaux seaux de caoutchouc remplis de fango brûlant qu'il faut étaler sur les lits.

— Où est passée la boue dont a été enduit Winlock Taintrope ?

— Tout le monde a dû se rendre à l'évidence : Taintrope était bien mort. Le commissaire m'a ordonné de sortir le cadavre de la boue, je l'ai roulée en boule comme d'habitude et j'ai remis le paquet à la police. Après quoi, on m'a fait laver le corps.

— Les couvertures, la serviette pour essuyer le visage ?

— La police les a emportées.

— Et le peignoir de Taintrope aussi ?

— Aussi.

— Quelle est la suite du programme, après ce bain ?

— Vous allez dans une cabine de massage et vous vous y reposez au moins une demi-heure avant l'arrivée du masseur. La sudation est abondante et, peu à peu, la sensation de fatigue s'estompe. Le massage fait circuler toutes vos énergies et vous donne une merveilleuse sensation de bien-être. Et vous buvez au moins un litre d'eau, tellement vous avez soif.

— À part les trois curistes dont vous vous occupiez, il y en avait d'autres dont votre collègue était responsable ?

— Trois autres, je vous l'ai dit : deux femmes et un homme.

— Leur avez-vous prêté attention ?

— Très vaguement... L'une des femmes avait de superbes cheveux châtains et était très belle, l'autre des cheveux noirs frisés et une allure de fouine. Quant à l'homme, ce n'était pas un Apollon : gros et presque chauve. Vous voulez un bon massage, Lord Percival ?

— Fouillez bien dans vos souvenirs, monsieur Bardini : un détail insolite ne vous revient-il pas en mémoire ?

— Pour le moment, non.

— Si c'était le cas dans les prochaines heures, n'hésitez pas à me contacter directement. Conduisez-moi à une cabine de massage et demandez à votre collègue de m'y rejoindre.

— Antonella ? Mais elle n'est pas masseuse !

— J'ai besoin de lui parler. Une dernière chose pour le moment : êtes-vous fumeur, monsieur Bardini ?

— Je déteste ça.

11.

La trentaine dynamique, Antonella Vescovi était petite, blonde et explosive. À force d'étaler le fango, elle avait des doigts musclés et une carrure appréciable, tout en restant féminine. Sa blouse bleue était légère et seyante, et elle était chaussée de sandales de piscine.

— Vous êtes le lord qui voulait me parler ?

— Lord Percival Kilvanock, en effet. Ai-je l'honneur de m'adresser à Mlle Antonella Vescovi ?

Comme les Italiens, l'Écossais parvenait à chanter les mots plus qu'il ne les prononçait. Et sa ligne mélodique ne déplut pas à la petite blonde.

— Vous voulez m'interroger sur le meurtre de l'Anglais ? Il paraît que vous allez arrêter le coupable plus vite que la police !

— Nous collaborons.

— L'important, c'est que personne ne raconte des bêtises sur Abano et sur sa boue ! Ici, nous faisons du bien à beaucoup de gens.

— Je n'en doute pas un instant, mademoiselle.

— Alors, vous avez apprécié votre première séance de fango ?

— Il y a eu des moments difficiles, mais j'en suis sorti vivant.

— Vous n'êtes quand même pas douillet ! Un lord, ça ne combat pas les dragons qui crachent du feu ?

— Seulement de temps à autre.

— On vous a dit que le massage était indispensable ?

— Je n'ai malheureusement pas le loisir de…

— Allongez-vous sur la table de massage. Ce n'est pas mon métier, mais je vais vous saupoudrer de talc et vous faire circuler le sang.

Lord Percival s'inclina.

Les robustes mains d'Antonella Vescovi commencèrent à danser un ballet bienfaisant sur le dos du châtelain.

— Connaissiez-vous Winlock Taintrope ? demanda-t-il.

— Pas du tout, c'était la première fois qu'il venait à l'hôtel. Mais il n'avait pas une bonne tête ! Par bonheur, c'était à Angelo de s'en occuper.

— Vous travaillez depuis longtemps avec lui ?

— Depuis plusieurs années.

— Et vous vous entendez bien ?

— On n'a pas à s'entendre, mais à travailler. Angelo a davantage d'ancienneté que moi, un meilleur salaire et il se considère comme mon patron.

— Autrement dit, vous n'appréciez pas trop son caractère.

— On ne me paie pas pour ça.

— Vous arrive-t-il de vous disputer ?

— Jamais. Le travail, c'est le travail.

— Angelo n'est pas marié, vous non plus…

— Comment, je ne suis pas mariée ! Enfin, je ne le suis plus. Mon mari n'a pas supporté mes horaires de travail et m'a ordonné de l'abandonner pour rester à la maison et m'occuper de nos deux enfants. Quel macho ! Je l'ai envoyé se promener ailleurs, avec ses idées d'un autre âge. Avec l'aide d'une vieille cousine qui habite chez moi, je fais face à toutes mes obligations et je vis très bien comme ça.

— Donc, aucun contact avec Angelo Bardini en dehors du travail ?

— Aucun.

— Le matin du meurtre, s'est-il comporté de manière habituelle ?

— Oui... Je n'ai rien remarqué d'anormal.

— Quand votre collègue s'est manifesté pour signaler qu'il se passait quelque chose dans la cabine 4, où vous trouviez-vous ?

— Laissez-moi me rappeler... Je finissais de nettoyer la 13 et je m'apprêtais à entrer dans la 11 où m'attendait une curiste française, Tendresse Menue.

« Drôle de nom », pensa Lord Percival.

— Vous occupiez-vous d'autres clients ?

— Mlle Mainlay était plongée dans le bain à l'ozone et M. Wachter attendait, dans la 10, que je vienne m'occuper de lui. Comme il était arrivé en retard, je le faisais passer après Mlle Menue. J'ai horreur de ce genre de personnage qui se croit tout permis.

— Un curiste de longue date ?

— Wachter ? Pas que je sache. Un homme rondouillard, presque chauve et sans aucune classe. Il souffre d'arthrite et a parfois besoin d'une béquille pour se déplacer. Je ne sais pas pourquoi, ce bonhomme m'a été tout de suite antipathique. D'habitude, je m'entends plutôt bien avec les curistes, mais celui-là ne me disait rien qui vaille. En plus, il était en retard... Si j'avais eu le temps de m'occuper de lui, je lui aurais parlé du pays !

— Vous ne l'avez donc pas enduit de fango ?

— Non, pas plus que Tendresse Menue... Le docteur est arrivé, il a constaté la mort de Taintrope, et nous avons demandé à tous les curistes de remonter dans leurs chambres.

— N'y en avait-il pas un ou plusieurs dans la boue ?

— Un seul… M. Manaudi, un homme remarquable, resté très simple malgré sa fortune. Angelo l'a rapidement délivré et douché.

— Combien d'autres curistes présents sur les lieux du drame ?

— Deux… L'un dans le bain à l'ozone, l'autre qui se rhabillait. Pour nous, la fin de la matinée approchait. Il nous arrive de commencer à 3 heures du matin pendant les périodes de grande affluence, et il ne s'agit pas d'avoir les deux pieds dans le même sabot.

Antonella Vescovi malaxait avec constance les muscles du châtelain.

— Tendresse Menue est-elle une curiste sympathique ?

L'Italienne hésita.

— Ce n'est pas le bon terme… Avec elle, je n'avais pas plus de chance qu'avec Wachter, mais dans un autre registre. Cette fille est aussi chichiteuse que curieuse ! Dès son premier jour de cure, elle m'a posé mille et une questions sur l'hôtel, son personnel, sa clientèle… Au début, ça m'amusait de parler français avec elle, malgré ses allures supérieures, mais j'ai vite eu l'impression de subir un véritable interrogatoire ! C'est pourquoi je lui ai répondu de manière de plus en plus évasive avant d'aligner banalité sur banalité. Cette petite peste s'en apercevait et ça l'énervait, mais je l'abandonnais au fango pour discuter avec des personnes plus aimables.

— Mlle Mainlay, par exemple ?

— Exactement ! Quelle femme magnifique avec ses longs cheveux châtains et ses formes superbes ! J'ai l'habitude de voir les gens tout nus et je n'y prête même plus attention, mais Ruth Mainlay est une véritable merveille de la nature. Une poitrine somptueuse, des hanches parfaites, des jambes fines… Elle doit être un vrai bourreau des cœurs ! En plus, quelqu'un de direct, facilement abordable, avec toujours un mot gentil, rieuse, dynamique…

— À vous écouter, elle possédait toutes les qualités.

— J'en ai bien l'impression !

— Pas de problèmes de santé ?

— Elle venait sans doute ici pour se détendre. Le fango efface le stress de la vie moderne. Grâce à lui, pas besoin de se détruire la cervelle avec des médicaments chimiques qui engraissent les laboratoires.

— Et Tendresse Menue, de quoi souffrait-elle ?

— De curiosité et d'hyperexcitation. Même le fango avait du mal à la calmer.

— Le matin du crime, avez-vous remarqué quelque chose d'anormal ?

Antonella Vescovi réfléchit.

— Non, je ne vois pas… Tout se déroulait comme d'ordinaire.

— Avez-vous cru à la mort accidentelle de Winlock Taintrope ?

— Le fango a rarement provoqué des accidents cardiaques, ne concernant que des personnes qui n'ont tenu aucun compte des avis de leur médecin traitant et qui ont réussi à dissimuler leur état au médecin de cure… On peut décéder dans le fango comme dans son bain ou à son bureau, mais ça n'enlève rien aux vertus thérapeutiques de la boue. Sur le moment, oui, j'ai cru à un accident. Et comme ce Taintrope était une personnalité de marque, l'incident a tout de suite pris des proportions très importantes.

— Ce n'était pas un incident, mais un crime.

— Vous en êtes sûr, Lord Percival ?

— Tout à fait certain.

— C'est bon pour la boue, mais…

L'Italienne s'interrompit.

— Que vouliez-vous dire, madame ?

— Est-ce que le coupable serait…

— L'une des personnes présentes à ce moment-là dans le couloir du fango, c'est également certain.

— Quelle horreur !

— L'une de ces personnes fumait-elle ?

— Bien sûr que non… Ici, c'est interdit. De plus, je déteste le tabac, cette drogue qui détruit les poumons. Par tous les saints… Un crime !

12.

La pétulante blonde parut bouleversée.

— Est-ce que ça voudrait dire… que j'ai posé du fango sur la peau d'un assassin ?

— À condition qu'il fasse partie de vos trois curistes.

— Oui, évidemment… Mais pourquoi une telle calamité me tomberait-elle dessus ? J'espère que ça concerne Angelo, en tout égoïsme ! Lui, il n'a pas une famille à élever. Enfin, je ne lui souhaite quand même pas des ennuis pareils… Après tout, les ennuis, ils ne devraient pas être pour nous ! Bon, le massage est terminé, vous pouvez vous rhabiller.

Lord Percival s'exécuta.

— Que pensez-vous de Francisco ?

— Un bon garçon, répondit Antonella Vescovi. Il ne sera jamais un adulte comme les autres, mais il aime son travail et n'en voudrait aucun autre. Transporter des seaux de boue ne plairait pas à tout le monde, mais Francisco s'en contente et il n'est jamais absent, même lorsqu'il souffre d'un petit refroidissement. Remarquez, dans ce cas-là, il fait une bonne séance de fango, et ça repart…

— Vous vous entendez bien avec lui ?

— Bonjour, bonsoir, le temps qu'il fait, deux trois

remarques par-ci, par-là sur un chanteur que l'on aime ou sur l'augmentation qui ne vient pas…

— Comment vit-il ?

— Très simplement, à Abano.

— Êtes-vous allée chez lui ?

— Non, Lord Percival.

— Francisco et Angelo sont-ils en bons termes ?

— Apparemment, oui. Vous a-t-on renseigné sur la suite de la cure ? Après le massage, repos dans votre chambre ou à la piscine d'eau thermale. L'eau est délicieusement chaude, vous pouvez vous baigner plusieurs fois par jour et profiter des Jacuzzi, mais n'en abusez quand même pas. Et n'oubliez pas d'aller passer quelques minutes dans la grotte sudatoire.

— Où se trouve-t-elle ?

— Venez, je vais vous montrer.

L'entrée de la « grotte » se situait entre les cabines 4 et 5. Pour y pénétrer, on passait une porte vitrée semblable à celles des cabines.

Une antichambre carrelée, des douches et la grotte proprement dite, fermée par une lourde porte métallique ; ainsi se présentait cette caverne où le curiste suait jusqu'à ses dernières toxines.

L'Italienne ouvrit la porte métallique, d'où sortit une effroyable chaleur humide. La gueule de l'enfer ne devait pas être pire.

— Il faut vraiment entrer là-dedans ? demanda Lord Percival.

— Vous vous asseyez sur une banquette et vous bénéficiez de la chaleur thermale. C'est un excellent complément à la boue.

— Combien de temps peut-on rester dans cette grotte ?

— La première fois, quelques minutes ; avec de l'entraînement, une demi-heure.

Le châtelain referma la porte métallique.

— Je vous promets d'essayer... Vous êtes très observatrice, madame Vescovi, et vous avez pris l'habitude d'analyser le caractère des curistes.

— Plus ou moins...

— Parmi les suspects, lequel soupçonneriez-vous au premier chef ?

La question troubla l'Italienne.

— Honnêtement, je ne sais pas... Il y en a que j'apprécie plus que d'autres, c'est certain, mais de là à porter une accusation aussi terrible... Non, je ne sais pas.

— Réfléchissez encore au drame qui s'est déroulé et tâchez de vous remémorer le moindre détail. Si quelque chose vous intrigue, n'hésitez pas à m'en parler.

Au moment où Lord Percival sortait du couloir du fango, le chef superintendant venait à sa rencontre.

— Comment avez-vous supporté la boue, Lord Percival ?

— Je me sens tout à fait détendu, mon cher Dodson ; vous devriez essayer.

— Très peu pour moi ! Avez-vous obtenu des résultats ?

— Quelques précieux renseignements, en effet ; allons nous installer dans un salon, je vais vous raconter.

Grâce à sa prodigieuse mémoire, le châtelain prenait rarement des notes. Il lui suffisait de voir un endroit une seule fois pour en restituer le moindre détail et, lorsqu'il menait une enquête avec la concentration nécessaire, il ne perdait pas un mot des déclarations de ses interlocuteurs. Aussi restitua-t-il à

Dodson tout ce qu'il avait appris pendant sa première expérience de curiste.

— Seul Giancarlo Manaudi peut donc être mis hors de cause, puisqu'il était dans la boue, conclut le chef superintendant.

— Apparemment, oui, mais je ne suis pas partisan de le rayer d'emblée de la liste des suspects.

— Mais il ne pouvait pas se déplacer !

— Sortir soi-même du fango n'est pas impossible, même si on laisse quantité de traces apparentes derrière soi… à moins d'avoir trouvé un moyen d'éviter cet inconvénient.

— L'hypothèse paraît surréaliste !

— Ne la négligeons pas pour autant. Vous et moi savons que les alibis les plus solides sont parfois illusoires.

— Entendu, mais dans ce cas…

— Qu'avez-vous appris sur le compte de Taintrope ?

— Mes collaborateurs ont bien travaillé. Grâce au fax et aux connexions informatiques, je dispose d'un dossier complet sur lui. Et je n'ai pas eu de mal à me former un avis : ce type n'était vraiment pas recommandable !

— Casier judiciaire ?

— Beaucoup trop habile pour se faire prendre ! Taintrope ne fait pas une démarche officielle sans une armée d'avocats internationaux qui trouvent toujours une disposition légale pour justifier ses agissements.

— Comment a-t-il débuté ?

— Famille modeste, père employé de bureau, mère au foyer, ni frère ni sœur, études médiocres, diplôme de comptable, début de carrière dans une société douteuse d'import-export. Deux ans plus tard, Taintrope est directeur financier ; trois ans de plus, il prend la tête de l'entreprise avant de la racheter pour une bouchée de pain. De là commence une irrésistible ascension : Taintrope se spécialise dans le rachat d'entreprises en difficulté, sous-estime les actifs pour payer le moins cher possible, promet monts et merveilles aux employés avant de les licencier et de revendre très cher une affaire « dégraissée ». Pratique écœurante, mais parfaitement légale, surtout quand on a quelques politiciens dans la manche et que l'on dîne régulièrement avec des juges complaisants. Comme personne ne s'est dressé en travers de son chemin, Taintrope ne s'est pas contenté de la Grande-Bretagne, il s'est attaqué à des entreprises étrangères qu'il déstabilisait en répandant de fausses informations sur leurs finances ou bien en ruinant la réputation de leurs dirigeants. Au nom du mondialisme, ce fauve impitoyable répandait le malheur autour de lui et ne s'en souciait nullement. Il était soupçonné de multiples manœuvres frauduleuses mais, jusqu'à présent, aucune preuve décisive n'a pu être apportée.

— Extrêmement intéressant, estima Lord Percival. Autrement dit, Taintrope ne manquait pas d'ennemis.

— Et l'un d'entre eux l'aurait suivi à Abano soit pour trouver cette preuve, soit — plus vraisemblablement — pour éliminer le prédateur.

— Hypothèse séduisante, à condition que l'assassin ait eu à souffrir des manœuvres de Taintrope.

— Quelques interrogatoires serrés en perspective...

— Sait-on pourquoi Winlock Taintrope est venu à Abano ?

— Mes hommes ont réussi à joindre sa secrétaire particulière et son chargé d'affaires londonien. L'un et l'autre ont remarqué qu'il traînait un peu la jambe, ces derniers mois. Comme il avait prévu, pour le printemps, une série de raids sur le Japon, il avait sans doute décidé de récupérer avant de se lancer dans cette nouvelle razzia, d'autant plus qu'il était particulièrement énervé comme lorsqu'il s'apprêtait à conclure une affaire.

— Avait-il reçu des menaces de mort ?

— Si c'est le cas, il n'en a parlé à personne. Taintrope était un homme secret, qui prenait ses décisions seul et n'avait d'autre plaisir que de manier des sommes de plus en plus colossales et de jongler avec les entreprises.

— De notre côté, mon cher Dodson, nous allons jongler avec vos collègues italiens. J'ai la nette impression qu'ils ne jouent pas franc jeu.

13.

En voyant le visage courroucé de Lord Percival et du chef superintendant Dodson, le commissaire Gianfranco Gaudeo eut subitement l'impression que son cappuccino avait moins bon goût que d'habitude.

— Vous en voulez un ? proposa-t-il d'une voix hésitante. Désolé pour le froid et le brouillard... Mais c'est l'hiver, et il faut bien s'en accommoder. Parfois, on a quand même de belles éclaircies...

— Nous en avons un besoin urgent, estima Lord Percival.

— Ah... il y a quelque chose qui ne va pas ?

— Nous venons d'établir une liste de suspects que vous auriez pu nous donner.

— Félicitations, Lord Percival ! Vous êtes à la hauteur de votre réputation. J'allais le faire, bien entendu... Mais ce drame, les obligations administratives, la pression médiatique... Parfois, on se demande où on a la tête !

— Voici cette liste.

Le commissaire lut les noms que l'Écossais avait inscrits sur une feuille de papier.

— Bien, bien...

— Il ne s'agit pas d'un exploit, puisque toutes ces

personnes étaient présentes sur le lieu du crime au moment où il a été commis.

— Certes, Lord Percival, mais il est évident que Giancarlo Manaudi ne peut être mêlé ni de près ni de loin à cette tragédie. C'est un homme respectable et respecté, l'une des gloires de l'Italie, et je…

— Rappelez-vous nos accords, commissaire : nous interrogeons qui nous voulons et comme nous le voulons. Et je suis persuadé que vous n'avez qu'une parole.

— Bien sûr, bien sûr ! Mais en ce qui concerne M. Manaudi…

— S'il n'a rien à se reprocher, pourquoi nous refuserait-il un entretien ?

— C'est quelqu'un de plutôt susceptible et qui ne désire pas être importuné… Dans sa position, il faut le comprendre.

— Vous ne voulez pas dire qu'il a quitté l'hôtel ? intervint Angus Dodson.

— Nous n'avions aucune raison de le retenir, avoua le commissaire Gaudeo avec un sourire gêné.

— Et les autres suspects ?

— Ils sont encore à l'hôtel où ils continuent leur cure avec toutes les assurances des autorités médicales. Comme nous n'avons pas eu le temps de procéder à des interrogatoires approfondis, pourquoi ne pas les mener ensemble ?

— Pour davantage d'efficacité, travaillons chacun de notre côté, exigea Lord Percival. Si les déclarations de tel ou tel ne se recoupent pas, nous aurons un début de piste.

— Excellente idée…

— Et arrangez-vous pour m'obtenir dès aujourd'hui une entrevue avec Giancarlo Manaudi.

Sentant que la volonté de l'Écossais était inflexible, le commissaire Gaudeo renonça à lutter.

— Bon... Comme vous voudrez. Ce sera tout ?

— Certainement pas, commissaire. Pourquoi avez-vous fait disparaître des indices majeurs ?

L'Italien se leva, furieux.

— Lord Percival ! Pour qui me prenez-vous ?

— La boue de Winlock Taintrope, la serviette pour l'essuyer et son peignoir, sans parler des couvertures... C'est vous qui les détenez, n'est-ce pas ?

— Oui, bien sûr, mais c'est normal...

— Je suppose que vous avez fait examiner de façon approfondie ces indices essentiels ?

— Indices, vous y allez fort... Ce n'est qu'un peu de boue, un vêtement banal et un linge des plus ordinaires...

— Il peut y avoir des empreintes ! s'emporta Angus Dodson.

— Certainement pas dans la boue, superintendant.

— Avez-vous fait analyser cette boue, commissaire ?

— Eh bien...

— Vous êtes conscient, comme nous, qu'il s'agit du linceul de Winlock Taintrope et que son analyse est d'une importance capitale.

— Je ne suis pas d'accord avec vous, Lord Percival, puisque nous savons comment Taintrope a été tué. La boue n'y est pour rien, vous l'avez vous-même admis !

— Si votre laboratoire a décelé quelque chose d'anormal dans cette boue, je veux savoir de quoi il s'agit.

Le commissaire Gianfranco Gaudeo s'inclina une nouvelle fois.

— D'un détail... d'un tout petit détail.

— Soyez aimable de demander au responsable du laboratoire de nous montrer ces indices et de nous donner les conclusions de ses recherches.

Le professeur Anaudi était grand, rigide et pénétré de son importance. Les cheveux grisonnants, il avait une voix grave et parlait avec une lenteur surprenante pour un Italien.

Lord Percival sentit que la vérité scientifique était l'unique religion du professeur Anaudi et qu'il ne lui mentirait pas.

— Êtes-vous accrédité ? demanda-t-il avec dédain.

— Oui, répondit le commissaire Gianfranco Gaudeo. Lord Percival Kilvanock et le chef superintendant Angus Dodson sont autorisés à entendre l'essentiel de votre rapport sur les objets de la cabine 4 de l'hôtel Euganei.

— Parfait. Je commence par l'objet le plus personnel de la victime : son peignoir.

Sur un ton monocorde, le professeur Anaudi décrivit en termes techniques la texture du vêtement, la composition de ses fibres et la date probable de sa fabrication. Après une étude comparative de deux autres peignoirs de l'hôtel Euganei, il en avait conclu que celui de Winlock Taintrope n'avait strictement rien d'original.

Conclusion identique pour les couvertures.

— Et le linge pour essuyer le visage ?

— J'y viens, dit le professeur Anaudi, qui n'aimait pas se précipiter. Comme il n'a pas été lavé, nous avons pu analyser la sueur dont il était imprégné. Sans aucun doute, c'était celle de Winlock Taintrope.

— Des empreintes ?

— Aucune.

— Normal, expliqua le commissaire. Le linge est arrivé propre, et Angelo Bardini l'a manipulé avec des gants.

— C'est très mauvais pour lui, constata Angus Dodson.

— Je suis bien de votre avis, mon cher collègue ! Nous ne l'avons pas mis en prison par hasard. Si l'on réfléchit bien, il était vraiment le mieux placé pour agir. Et cette absence d'empreintes est une preuve formelle !

— Pas forcément, objecta Lord Percival. D'abord, je ne discerne pas le motif pour lequel Bardini aurait assassiné Winlock Taintrope ; ensuite, j'ai remarqué que, dans le couloir du fango, il existe une cabine où est entreposé le matériel qu'utilise le personnel. L'assassin aura facilement observé le va-et-vient et dérobé une paire de gants pour perpétrer son crime sans laisser d'empreintes et faire ainsi accuser Angelo Bardini.

— Vous pensez à un esprit particulièrement machiavélique ! s'étonna Gianfranco Gaudeo. Ne serait-il pas plus simple de soumettre Bardini à un interrogatoire musclé et de le faire avouer une fois pour toutes ?

L'Écossais regarda l'Italien droit dans les yeux.

— Pour la rapidité de l'enquête, la méthode me paraît excellente ; mais l'est-elle pour établir la vérité et y croyez-vous vous-même ?

Le commissaire baissa pavillon

— Non, pas complètement... Mais admettez qu'il n'est pas aberrant de soupçonner Bardini ?

— Quel serait son mobile ?

L'Italien resta coi.

— Rassurez-vous, dit Lord Percival, je n'élimine encore personne de la liste des suspects.

— Si nous poursuivions ? proposa le professeur Anaudi. Je n'aime pas beaucoup être interrompu lorsque je donne des explications. Et, à propos de la boue qui enveloppait le cadavre, j'ai observé quelque chose de particulièrement bizarre.

14.

— Pour me faire bien comprendre, poursuivit le professeur Anaudi, il faut que je vous explique les particularités du thermalisme tel qu'il se présente à Abano. Tout commence avec la pluie qui tombe dans la région des petites Dolomites et sur les hauts plateaux de Vicence et de Trente.

— Quelle altitude ? demanda Angus Dodson.

— Mille cinq cents mètres en moyenne. Cette eau descend jusqu'à trois mille mètres de profondeur en s'infiltrant dans des fractures et les pores des roches calcaires. Elle se réchauffe progressivement, en prenant 3 degrés tous les cent mètres. C'est un bouclier de schiste et de roches cristallines qui bloque la descente de cette eau chaude. Elle se dirige alors vers Abano et met vingt-cinq ans pour parcourir la centaine de kilomètres qui séparent les Dolomites du centre thermal.

— Pourquoi l'eau remonte-t-elle à cet endroit précis ?

— Parce qu'elle se heurte à un barrage infranchissable formé par les couches argileuses et les marnes. L'eau se trouve enfermée dans une sorte de piège et, sous la pression, elle remonte le long du flanc oriental des collines Euganéennes. À la sortie, sa température va de 70 degrés à 80 degrés.

— N'a-t-on pas creusé trop de puits ? demanda Lord Percival.

— C'est un danger contre lequel il faut lutter, reconnut le professeur ; un prélèvement excessif empêcherait la recharge naturelle du bassin et ruinerait le thermalisme.

— Je suppose que la composition chimique de cette eau est originale.

— En effet, Lord Percival ; faiblement radioactive, riche en gaz, de pH 7-0, elle joue un rôle déterminant dans la formation d'une boue hyperthermale qui résulte de l'union d'une argile organique et de cette eau minérale, salso-bromo-iodique ; elle a un contenu élevé de sodium et de chlore, et l'on y trouve du brome et de l'iode. Bactéries, argile, sels minéraux, eau thermale et algues, dont deux espèces uniques au monde, la spiraline et l'amphibie, forment une pâte brun-gris, malléable, le fameux fango. Mais il faut que cette boue subisse un processus de maturation au cours duquel elle s'enrichit de substances organiques qui proviennent du métabolisme de la flore microbienne unique du bassin euganéen. Ce processus modifie la structure chimique de la boue et la rend mature. C'est la raison pour laquelle le fango n'est pas exportable ; sécher la boue et la transporter aboutirait à un échec, car il ne s'agirait que de matière morte.

— Et qu'avez-vous constaté sur la boue qui avait enveloppé Winlock Taintrope ?

— J'y viens. Depuis plusieurs années, les universités de Rome, de Milan et de Padoue travaillent sur le fango pour bien connaître les différents stades de son évolution. Bien entendu, on n'utilise que du fango parfaitement mature lors des cures ; et c'est là que le bât blesse. Dans la boue d'excellente qualité qui enveloppait Winlock Taintrope, il y a une parcelle significative de fango non mature. Ai-je besoin d'insister davantage sur cette anomalie ?

— Une erreur professionnelle de Bardini ? avança le commissaire Gaudeo.

— Il faudrait plutôt l'attribuer à Francisco, l'employé chargé de transporter les seaux qu'il remplit de fango.

— Arrêtons-le tout de suite !

— Et s'il n'était que complice... ou tout à fait innocent ? Les bassins de fango sont situés à l'extérieur du centre de cure et accessibles à tout un chacun. Et puis cette anomalie ne saurait avoir causé la mort de Taintrope.

— Exact, approuva le professeur Anaudi. Il s'agit simplement d'une bizarrerie dont j'aimerais bien connaître l'explication.

— Que proposez-vous ? demanda le commissaire au châtelain.

— Faites surveiller Angelo Bardini par vos hommes. S'il a quelque chose à se reprocher, il risque de perdre son calme et de commettre une bévue.

— Vous êtes bien optimiste, Lord Percival ! Un criminel endurci est généralement doté d'un sang-froid à toute épreuve.

— Je suis d'accord avec vous, commissaire, mais pouvons-nous considérer que M. Bardini est un criminel endurci ?

— Non, évidemment... Mais est-il tout pur pour autant ?

— À nous d'y voir clair.

— Bon, je m'en occupe. Si Bardini a trempé d'une manière ou d'une autre dans ce crime, nous le découvrirons !

Lord Percival s'adressa au professeur Anaudi.

— Pourriez-vous me montrer le linge qui a servi à essuyer le front de Taintrope ?

— Est-ce bien nécessaire ?

— Pardonnez-moi d'insister, professeur, mais j'ai besoin de voir pour comprendre.

— Alors, autant tout vous montrer ! Je vous préviens : n'attendez pas de moi que je recommence mes explications.

Le châtelain et le superintendant prirent leur temps pour examiner les couvertures, le peignoir, la boue et le linge.

À l'une des extrémités, ce dernier présentait une déchirure.

— C'est bien l'arme du crime, conclut Dodson.

— Il y a une autre particularité : sa blancheur.

— Que voulez-vous dire, Lord Percival ?

— Le linge avec lequel Bardini m'a essuyé le front était beaucoup plus terne.

— Question de lavage et d'usure, probablement.

— Probablement.

— En avez-vous terminé, messieurs ? demanda le professeur Anaudi, impatient.

— Je pense que oui, répondit l'Écossais.

— Cette fois, assura le commissaire Gianfranco Gaudeo avec force gestes enflammés à l'appui, je vous jure que je ne vous cache plus rien, Lord Percival ! Il fallait bien que nos services techniques prennent le temps d'analyser les indices pour aboutir à des conclusions sérieuses et incontestables.

— Vous souhaitiez surtout dissimuler la petite anomalie de la boue qui enveloppait le cadavre de Taintrope.

— Une simple anomalie, vous le dites vous-même ! En aucun cas la cause de la mort. Ce n'est pas ce misérable petit détail qui peut vous faire soupçonner la boue… Vous avez reconnu publiquement son innocence !

— Nous ne revenons pas là-dessus, admit le châtelain, mais je n'aime pas laisser derrière moi des détails inexpliqués, fussent-ils minuscules.

— Ça ne me fait pas plaisir d'accuser un compatriote, révéla le commissaire avec tristesse, mais Angelo Bardini ne me paraît vraiment pas clair dans cette affaire ! Pourquoi aller chercher très loin ? Il n'a pas de motif apparent, d'accord, mais le coup de folie meurtrière, ça existe, non ?

— Si M. Bardini a perdu la tête, ce n'est pas une très bonne image de marque pour Abano, avança le chef superintendant.

L'argument embarrassa Gianfranco Gaudeo.

— Bon, il n'a pas perdu la tête, mais quand même… Il ne peut pas être tout pur !

— Au pire, il va en prison ; au mieux, il aura des ennuis dans son travail ; ce n'est pas une stratégie géniale, pour un assassin.

— S'il a commis un crime parfait, ce ne serait pas si mal !

— Mettez la pression sur Bardini, mon cher collègue. Vous avez suffisamment d'expérience pour le faire craquer s'il nous cache quelque chose. Nous, nous allons tenter d'obtenir quelques éléments d'information auprès des témoins.

— Ne les bousculez pas trop, superintendant ; ce sont des hôtes de l'hôtel Euganei, et nous souhaitons tous qu'ils gardent un excellent souvenir de leur cure à Abano. Si vous preniez le temps de mieux connaître notre belle cité, vous comprendriez combien l'existence est douce et merveilleuse, ici… Jamais de problèmes, des touristes venant du monde entier, un nombre incalculable de gens soulagés, depuis l'Antiquité, par le fango et les eaux thermales. Un vrai miracle de la nature qu'il faut protéger !

L'enthousiasme de Gaudeo faisait plaisir à voir.

— Avant de venir ici, avoua Lord Percival, j'ai rapidement consulté quelques ouvrages dans ma bibliothèque et je ne peux que souscrire à vos propos. Mais soyez rassuré et comptez sur la délicatesse britannique : nous ménagerons les témoins autant que faire se peut. La vérité, elle aussi, n'a-t-elle pas ses exigences ?

15.

Le jardinet était à l'abandon, le toit de la maisonnette menaçait ruine et la cabane en tôle ondulée servant de fourre-tout n'avait pas un aspect plus engageant que le reste de la triste propriété de Francisco, qui habitait en pleine zone industrielle, à une quinzaine de kilomètres d'Abano.

Comme il n'y avait pas de sonnette, Dodson frappa doucement à la porte en bois vermoulu, de peur de la voir s'écrouler.

Personne ne répondit.

Un policier anglais utilisant un couteau suisse pour forcer une porte italienne, ça risquait de faire désordre… Par bonheur, cette dernière n'était pas fermée. Il suffit à Lord Percival de la pousser pour pénétrer dans le domaine de Francisco.

Des piles de vieux journaux, de vieilles malles remplies de peluches pelées, des pièces de moteur provenant de diverses voitures… Le porteur de seaux de fango vivait dans un véritable capharnaüm. Alors que Dodson tentait de progresser vers un petit salon, une voix rugueuse le cloua sur place.

— Les bras en l'air, ou je tire !

Seulement vêtu d'un pyjama rayé qui ne passerait

pas l'hiver, Francisco braquait sur les deux enquêteurs un fusil à pompe.

Avec ses longs cheveux blonds qui lui mangeaient presque tout le visage, caractérisé par un long nez pointu, le propriétaire des lieux n'avait pas l'air de plaisanter.

— Vous avez dû nous voir à l'hôtel Euganei, dit le châtelain ; souvenez-vous, j'ai même commencé une cure de fango. Je suis Lord Percival Kilvanock et voici le chef superintendant Angus Dodson. En accord avec la police italienne, nous enquêtons sur le meurtre de Taintrope.

— Pourquoi vouliez-vous me cambrioler ?

— Nous désirions vous poser quelques questions et nous avions peur qu'il ne vous fût arrivé quelque chose. C'est pourquoi nous sommes entrés... La porte n'était d'ailleurs pas fermée.

— Tout ça, c'est des histoires ! Aujourd'hui les cambrioleurs se font passer pour des flics ! Moi, je vais tirer, et ce sera de la légitime défense !

De la main gauche, Francisco releva une mèche qui lui tombait sur les yeux. Le regard mauvais, il balançait le canon de son fusil, hésitant sur sa première cible.

— Votre arme est en piteux état, constata l'Écossais. Si vous tirez, vous risquez de vous blesser.

L'Italien eut une réaction étonnante. Il jeta son fusil sur un tas de chiffons et se laissa tomber sur un pouf jaune citron.

— Cette pétoire n'a jamais fonctionné... Et vous, vous m'avez tiré de mon sommeil ! Déjà que j'ai du mal à m'endormir... Je vais me faire du café. Vous en voulez un ?

Doutant de l'hygiène de la cuisine de Francisco, Dodson demeura muet, mais Lord Percival acquiesça.

Ne fallait-il pas prendre des risques pour mettre l'Italien en confiance ?

Quelques minutes plus tard, Francisco réapparut d'un pas traînant, porteur d'un plateau en bois d'ébène sur lequel il avait disposé des tasses ébréchées en porcelaine de Saxe qu'un collectionneur averti n'aurait pas dédaignées.

— C'est du robusta correct... Mon seul luxe. Avec mon salaire, je ne peux m'offrir le palais des Doges. Mais le bon café, ça permet de paraître réveillé et de continuer à dormir. Asseyez-vous où vous pouvez.

Les deux enquêteurs restèrent debout dans le couloir, qui était la pièce la moins encombrée.

— Le dimanche, expliqua Francisco, je me promène dans les décharges et je ramasse des trucs qui m'amusent... Quand j'en ai marre, je vide la maison et je recommence à la remplir. Comme ça, je change de décor et j'ai l'impression d'être parti en vacances.

Le café était excellent.

— Vous ne fumez pas ? demanda Lord Percival.

— Ça ne m'est jamais venu à l'idée... Et vous imaginez, avec tous les vieux papiers qu'il y a dans cette baraque, si je m'endormais avec une cigarette allumée ? Je cramerais tout vif ! La vie n'est pas toujours drôle, mais j'y tiens quand même.

— Vous étiez présent sur les lieux du crime, n'est-ce pas ?

— Je suis à l'hôtel Euganei tous les jours, sauf le dimanche.

— Vous souvenez-vous de l'identité des curistes qui se trouvaient là quand Angelo Bardini a signalé qu'il se passait quelque chose d'anormal ?

— Alors là, pas du tout ! Moi, je ne regarde personne... Je ramasse la boue, je la mets dans des seaux en caoutchouc qui peuvent supporter la chaleur, je les place sur mon chariot que j'amène à l'entrée du couloir du fango, j'aide plus ou moins mes collègues à les porter dans les cabines, je reprends les seaux vides et je recommence... Pour moi, les curistes, ce sont des genres de fantômes avec le même peignoir blanc. Ils se ressemblent tous, je ne les regarde même pas. Pour eux, je n'existe pas.

— Je me suis promené du côté des bassins à fango, révéla Lord Percival ; et je me suis aperçu que la boue n'était pas toujours de la même couleur.

— C'est normal... Il y a la boue qui est parvenue à maturation et que l'on utilise pour les cures, et l'autre qui est en train de mûrir.

— Vous ne pouvez pas vous tromper ?

— Pas de danger... Je travaille ici depuis l'âge de seize ans et je connais ces bassins mieux que ma poche.

— Auriez-vous vu quelqu'un rôder du côté de ces bassins, ces derniers jours ?

— Il paraît que l'après-midi, quand je ne suis pas là, il y a des curistes plus curieux que les autres qui viennent voir... Si ça leur plaît, après tout ! Il n'y a vraiment rien à voler.

— Vous vivez seul ?

— Ah, ça, oui ! Vous m'imaginez, moi, avec une femme obsédée par la lessive ? Les filles sont déjà assez embêtantes comme ça, mais alors, un type qui passe sa vie dans la boue...

— Votre ami Angelo Bardini pense comme vous.

— Bardini pense ce qu'il veut, et il n'est pas mon ami.

— Dois-je comprendre qu'il est... votre ennemi ?

— Ni ennemi, ni ami. Un collègue de travail, voilà

tout. On fait chacun notre boulot, on ne s'accroche pas souvent et on mène notre existence.

— Vous ne connaissez donc rien de sa vie privée ?

— Rien du tout, et ça ne m'intéresse pas.

— Pas davantage de contacts avec Antonella Vescovi ?

— Pas davantage. Parfois, on parle des chanteurs que l'on apprécie, mais c'est rarement les mêmes... Faut bien causer de temps en temps, mais ça ne va pas plus loin. Moins on bavarde, mieux on se porte. Et puis, avec le va-et-vient des seaux, je n'ai pas le temps de faire la causette. Et quand j'ai fini, je n'ai qu'une idée : rentrer chez moi et dormir.

— Supposons que vous ayez eu un moment de fatigue ou de distraction, avança Dodson. N'auriez-vous pas pu commettre une erreur en mélangeant un peu de boue non mature au fango prêt à l'usage ?

— Complètement impossible ! Vous me prenez pour qui, vous ? Non mais alors... Je ne suis pas Michel-Ange, mais pas non plus un crétin des Alpes !

— Je ne voulais pas vous blesser.

— Eh bien, c'est fait ! Vous mettez en doute mes compétences, peut-être ?

— En aucune façon.

La colère de l'Italien retomba.

— J'aime mieux ça...

— Près du bassin à fango, reprit Lord Percival, il y a de grands séchoirs ; à quoi sont-ils destinés ?

— À faire sécher les toiles de jute qu'on dispose sur les lits et dans lesquelles on roule en boule le fango utilisé. Il y a aussi les linges avec lesquels on essuie la sueur.

— Ce ne doit pas être facile de retrouver une blancheur parfaite.

— Après un certain temps d'utilisation, c'est impossible. Alors, on change tout.

— Il y a eu une arrivée de linge neuf, récemment ?

— Non… mais ça ne va pas tarder.

— Y a-t-il beaucoup de vols ?

— Pas beaucoup… Qui ça pourrait intéresser ? Quand on jette les vieux linges, on nous en propose. Alors, pourquoi les voler ?

— Winlock Taintrope a été assassiné, précisa le superintendant. Comment réagissez-vous à ce drame ?

Francisco contempla sa tasse vide.

— Ça ne me regarde pas. Chacun sa vie, je vous l'ai déjà dit. Et moi, je n'ai tué personne.

16.

À toute allure, la voiture de police ramena les deux enquêteurs vers Abano.

Le portable de Dodson sonna.

— Oui, commissaire Gaudeo, je vous écoute… Qui ?… Oui, nous y allons… Ne le perdez pas de vue, surtout.

— Un fait nouveau ? demanda Lord Percival.

— Picky Romsen vient d'enfourcher l'un des vélos que l'hôtel Euganei propose à ses hôtes et il est parti en promenade. Nos collègues italiens le filent.

Montegrotto Terme, tout près d'Abano, avait conservé quelques vestiges de sa splendeur passée. Ici, les Romains avaient édifié un grandiose quartier thermal comprenant trois grandes vasques avec un dallage de marbre, des galeries, des conduites d'eau équipées de tubes en plomb, un aqueduc, des établissements de soins avec salles de repos et de massage. Les ingénieurs antiques avaient su réaliser un système complexe de canalisations destiné à séparer le flux des eaux conformément aux exigences de leur utilisation thermale. Et, bien entendu, tout le quartier était chauffé, y compris le théâtre que visitait Picky Romsen après avoir posé sa bicyclette contre un arbre.

Une trentaine de mètres de diamètre, onze rangées de gradins : le vaste hémicycle pouvait accueillir huit cents spectateurs qui appréciaient les comédies, les ballets et, plus encore, les spectacles sur l'eau dont on pouvait remplir le fond du théâtre.

— Désolé de vous importuner, monsieur Romsen.

L'interpellé se retourna, agressif. Il ressemblait vraiment à Sylvester Stallone, en plus épais.

— Vous êtes qui ?

— Lord Percival Kilvanock. Je vous présente le chef superintendant Angus Dodson, de Scotland Yard.

— Vous me voulez quoi ?

— Vous poser quelques questions.

— Je vous préviens tout de suite : j'ai un passeport anglais, d'accord, mais j'en ai un autre, norvégien, et nous sommes en territoire italien. Vos questions, vous pouvez vous les garder et vous étrangler avec ! Maintenant, ôtez-vous de mon soleil et laissez-moi continuer mon excursion.

Angus Dodson éprouvait une prédilection pour ce genre de personnage.

— Vous oubliez un détail, Romsen : nous sommes habilités à mener cette enquête avec les moyens qui nous conviennent.

— Ça veut dire quoi, ça ?

— Que j'ai horreur des têtes de bois dans votre genre et que je suis autorisé à vous rentrer dans la moulure pour obtenir la vérité.

Picky Romsen n'était pas une mauviette, mais il ne faisait pas le poids devant le chef superintendant, qui aurait pu jouer le *Falstaff* de Shakespeare sans avoir à prendre du poids.

Romsen changea de ton.

— Bon… Je ne cherche pas la bagarre. Alors, on conclut une trêve ?

— Nous interrogeons, vous répondez.

— Allons-y comme ça… Surtout que je n'ai rien à cacher.

— Picky Romsen, c'est votre vrai nom ?

— Évidemment… Vous me prenez pour qui ?

— Quel âge avez-vous ?

— Quarante-huit ans. Je suis majeur et célibataire.

— Où habitez-vous ?

— Tantôt en Angleterre, tantôt en Norvège, tantôt ailleurs… Jusqu'à preuve du contraire, je suis libre de mes mouvements.

— Votre profession ?

— Rentier. Mes parents étaient riches, ils sont morts et je dépense leur fortune. Que ça vous dérange ou pas, c'est la même chose. J'en claque autant que je peux et je suis heureux comme ça. Pour moi, l'argent fait le bonheur et il m'évite de fréquenter les pauvres.

— Avant d'être rentier, n'avez-vous eu aucune occupation ?

— Des études idiotes, comme toutes les études. Ça m'a suffi.

— Pourquoi êtes-vous venu en cure à Abano ?

— Vous n'avez jamais entendu parler du secret médical, superintendant ? Même pour un flic de votre grade, la vie privée est une barrière infranchissable. Je suis à Abano aujourd'hui, à Monte-Carlo demain et à Rio de Janeiro après-demain si ça me plaît. Et ma santé ne regarde que mon médecin et moi.

Un coup de vent glacial balaya le théâtre romain. Il avait chassé le brouillard mais abaissé de manière sensible la température.

Picky Romsen éternua. Il sortit de sa poche un mouchoir en lin qu'il déplia avec soin et se moucha longuement et bruyamment, comme si ses interlocuteurs n'existaient pas.

— Auriez-vous pris froid ? s'inquiéta Lord Percival.

— C'est ce satané vélo... J'aurais dû me méfier. En roulant, on prend trop d'air dans la figure.

— Vous aimez les mouchoirs d'excellente qualité, dirait-on.

— C'est de famille... Ils sont un peu rugueux, mais ils tiennent bien le coup.

— Voilà longtemps que j'en cherche... Vous pourriez me donner la marque ?

— C'est de famille, je vous dis. Il n'y a pas de marque, c'est ma mère qui les fabriquait.

— J'espère que vous ne fumez pas, monsieur Romsen. Ce serait désastreux pour votre rhume.

— J'ai abandonné le cigare il y a dix ans, si ça vous intéresse... Vous ne souhaitez quand même pas connaître toutes mes petites manies ?

— Vous connaissiez bien Winlock Taintrope, je crois ?

Les yeux gris de Romsen, plutôt inexpressifs, se rétrécirent en fixant le châtelain.

— Qui c'est, ce type-là ?

— L'un de vos compagnons de cure avec lequel vous avez bavardé, dans le couloir du fango.

— Vous délirez.

— Soyez poli ! intervint Angus Dodson, énervé, et sachez que nous avons un témoin.

— Ah oui... Et il s'appelle comment, votre témoin ?

— Ça ne vous regarde pas, Romsen. De quoi avez-vous parlé avec Winlock Taintrope ?

— De rien. Je ne le connais pas.

Avec patience, Lord Percival donna une description précise du financier assassiné.

— Je l'ai peut-être croisé, rétorqua Romsen, mais je ne m'en souviens plus... Je ne m'intéresse pas du tout aux autres. Ma propre personne me suffit amplement.

— Vous ne pouvez donc pas nous parler des autres curistes présents sur les lieux du drame ?

— Non, pas du tout... Quel drame ?

— Winlock Taintrope a été assassiné.

— Ah bon... C'est son problème, pas le mien.

— Vous n'avez rien entendu ?

— Non, mais on a abrégé mon bain à l'ozone ! C'est pourtant le meilleur moment, après la boue. Il y avait de l'agitation, on m'a demandé de remonter dans ma chambre, et j'ai quand même eu droit à un massage.

— Et vous n'avez pas cherché à savoir ce qui s'était passé ?

— Le patron de l'hôtel a dit que tout allait bien... Pourquoi me serais-je inquiété ? Je ne m'occupe pas des affaires des autres, je vous le répète.

— Qu'un meurtre ait eu lieu dans une cabine de soins ne semble guère vous émouvoir, observa Angus Dodson.

— On commet des crimes partout dans le monde... S'il fallait écouter tout ce qu'on raconte, on n'irait plus nulle part. Vous allez arrêter l'assassin, et je continuerai ma cure tranquille.

— N'auriez-vous pas pratiqué un sport plutôt violent ? demanda Lord Percival.

— Moi ? Non. Qu'est-ce qui vous fait croire ça ?

— Votre carrure.

— C'est de famille... Vous avez terminé, avec toutes vos questions ?

— Pour le moment, oui. Oh… je crois que votre vélo est tombé.

Les trois hommes se dirigèrent vers le vélo qui, de fait, avait glissé le long du tronc d'arbre avant de s'effondrer.

Lord Percival se pencha pour agripper le guidon.

— Je n'ai pas besoin de votre aide, râla Picky Romsen. J'espère que nous ne nous reverrons pas, messieurs.

D'un violent coup de pédale, Romsen s'éloigna en direction d'Abano.

— Quel personnage mal embouché ! constata Dodson. Puisqu'il a un domicile londonien, je vais faire mener une enquête sur lui.

— Nous allons commencer par le mouchoir qu'il avait dans sa poche revolver et que je lui ai subtilisé, préconisa Lord Percival.

17.

Dès leur retour à l'hôtel, Lord Percival fit transmettre au commissaire Gaudeo le mouchoir de Picky Romsen ; pendant le court trajet, Angus Dodson avait appelé son bureau pour lancer ses inspecteurs sur la trace de ce personnage agressif.

Un réceptionniste indiqua aux deux enquêteurs que Hans Wachter se trouvait bien dans sa chambre mais qu'il avait exigé de ne pas être dérangé.

Quand Dodson frappa à la porte de Wachter, il entendit une voix affolée.

— Qui êtes-vous ?

— Police.

— Je ne vous crois pas ! Partez, ou j'appelle la police !

— Ne faites pas l'enfant, monsieur Wachter. Je suis le chef superintendant Dodson, de Scotland Yard.

— Vous mentez ! Jamais je ne vous ouvrirai !

— Utilisez votre arme magique, conseilla Lord Percival à Dodson.

Habilement manié, le couteau suisse ne laissait aucune trace. Grâce à son expérience et à l'une des multiples lames incorporées dans le merveilleux objet, le chef superintendant parvint à ouvrir la porte de la chambre avec rapidité et efficacité.

Moquette bleue, meubles de style vénitien, grand lit confortable, petit salon avec télévision… Le confort de l'hôtel Euganei était à la hauteur de sa réputation.

Mais aucune trace de Hans Wachter.

— Où êtes-vous passé, Wachter ? Répondez, bon sang !

La salle de bains était vide.

Seule cachette possible : une belle armoire en chêne massif décorée de motifs floraux.

— Sortez de là-dedans, Wachter, et cessez ce jeu idiot !

Devant l'absence de réaction, Angus Dodson ouvrit la porte du meuble.

Un couteau jaillit et faillit lui embrocher le bras. D'une manchette, Lord Percival contraignit l'agresseur à lâcher son arme.

Furieux, le chef superintendant sortit de l'armoire un homme rondouillard et presque chauve qu'il jeta sur le lit.

— Je vous arrête pour tentative d'assassinat ! Ne bougez plus, Wachter.

Le rondouillard protesta d'une voix geignarde.

— Je n'ai rien fait, je vous jure que je n'ai rien fait ! Je voulais simplement me défendre parce que je croyais que vous étiez des bandits… Ne me faites pas de mal, je vous en supplie !

— Calmez-vous, recommanda le châtelain. Je suis Lord Percival Kilvanock, et voici le chef superintendant Angus Dodson.

— Vous êtes… Scotland Yard ?

— Exactement.

— Alors, vous êtes venu pour me sauver !

Le rondouillard se retourna, les yeux remplis d'espoir.

— J'ai envoyé des lettres à une bonne dizaine de polices européennes, et vous êtes la première à me prendre enfin au sérieux. Ma femme m'a toujours dit le plus grand bien de Scotland Yard, et elle avait raison.

— Levez-vous, ordonna Dodson.

Prudent, le superintendant fouilla Wachter et s'assura qu'il ne portait aucune arme.

— Je suis en danger, messieurs, en grand danger, et il faut me protéger... Je n'ai même pas eu le temps de prévenir ma femme.

— Vous n'avez pas utilisé le téléphone ?

Hans Wachter parut stupéfait.

— Le téléphone... Ah oui, le téléphone... Je n'y avais pas pensé.

— Donnez-nous le numéro de votre épouse, nous allons l'appeler.

— Non, non... C'est confidentiel.

— Où habitez-vous ?

— C'est également confidentiel... Je ne peux le dire à personne, pas même à vous.

— Si vous refusez de nous communiquer le moindre renseignement sur votre situation, dit Dodson, irrité, nous ne pourrons ni vous prendre au sérieux ni vous aider.

— Mais si, vous verrez, il suffira de m'écouter. Je ne veux pas mêler ma femme à tout cela, c'est trop grave. Elle doit rester en dehors de ce drame et à l'abri des menaces.

— Vous voulez parler de l'assassinat de Winlock Taintrope, je suppose ?

— Non, non, pas du tout... C'est moi qui suis en danger, pas lui !

— Mais il est mort, monsieur Wachter. Vous le connaissiez bien ?

— Non… Je veux dire qu'il était difficile de le connaître… C'était un homme compliqué, mystérieux… Ma femme et moi, nous sommes des gens simples, on ne fréquente pas ce milieu-là. On n'aurait rien à se dire, c'est certain… Et puis Taintrope a cherché à se débarrasser de moi. S'il est mort, un autre prendra sa place… Protégez-moi, je vous en supplie !

Lorsque Wachter joignit les mains dans un signe de prière, Lord Percival constata qu'il avait l'extrémité des doigts caca d'oie.

— Vous fumez beaucoup ?

— Non, non…

— Vous mentez très mal, monsieur Wachter.

— Il m'arrive de rouler une cigarette de temps à autre, mais il ne faut pas que ma femme le sache. Elle déteste l'odeur du tabac et elle est persuadée que j'ai totalement arrêté de fumer. Si elle apprenait que ce n'est pas tout à fait vrai, elle serait furieuse et peinée. Et s'il y a une chose que je veux éviter à tout prix, c'est de faire de la peine à ma femme. Surtout, ne lui dites rien.

— Promis, assura le châtelain ; quand avez-vous vu votre femme pour la dernière fois ?

— C'est mon secret… Si je vous le disais, ce ne serait plus mon secret.

Dodson se demandait si ce bonhomme rondouillard n'était pas complètement fou. En le traitant avec douceur, l'Écossais espérait sans doute obtenir son témoignage, mais quelle valeur lui accorder ?

— Quand vous êtes allé dans le couloir du fango, demanda Lord Percival à Hans Wachter, vous êtes-vous roulé une cigarette ?

— Je ne me souviens plus… Quelle mesure comptez-vous prendre pour assurer ma sécurité ?

— Où se trouve votre peignoir ?

— Dans la salle de bains, je crois.

L'Écossais s'éclipsa un instant. Dodson ne quitta pas des yeux Hans Wachter.

Dans la poche du peignoir, il y avait des déchets de tabac et de papier à cigarettes. Lord Percival revint dans la chambre.

— Pourquoi êtes-vous venu à Abano, monsieur Wachter ?

— Pour me soigner. Je me sens fatigué, comme épuisé. Ici, je pensais pouvoir me reposer. Mais c'était compter sans ce rendez-vous secret…

— Quel rendez-vous ?

— Je m'en suis tout de suite rendu compte ! Dès que je suis arrivé à l'hôtel, j'ai senti qu'il y avait un climat étrange et qu'il se tramait quelque chose de grave contre moi.

— Est-ce la raison pour laquelle, le matin du crime, vous êtes arrivé en retard ?

— C'est possible… Ils ont dû faire une erreur de cabine.

— Voulez-vous dire que c'est vous qui auriez dû occuper la cabine n° 4 et non Winlock Taintrope ?

— Ils sont tellement rusés… Vous n'imaginez pas ce qu'ils sont capables d'inventer !

— De qui parlez-vous ? demanda Angus Dodson, qui parvenait difficilement à garder son calme.

— De tous ceux qui étaient là, à faire semblant de suivre la cure… En fait, ils connaissaient mes projets et ne s'intéressaient qu'à moi. Si la chance ne m'avait pas servi, je ne serais plus de ce monde.

— Les femmes n'étaient quand même pas complices ?

— Tous complices, je vous dis !

— Même les employés de l'hôtel ?

— Tous, ils veulent ma peau comme…

Hans Wachter s'interrompit, comme si ce qu'il s'apprêtait à dire était trop horrible.

— Quel crime ont-ils déjà commis ? interrogea doucement Lord Percival.

— Je ne peux pas… Protégez-moi, sinon, j'y passerai !

— Qui est leur chef ?

— Protégez-moi, supplia Hans Wachter d'une voix cassée.

— C'est entendu, il y aura un policier en faction devant votre porte jusqu'à l'arrestation des coupables. Vous n'avez plus rien à craindre.

18.

Avant de poursuivre les interrogatoires, Angus Dodson avait obtenu une halte au superbe bar de l'hôtel Euganei où il s'était affalé dans un fauteuil de cuir avant de boire un bourbon bien tassé, tandis que Lord Percival dégustait une flûte de Dom Pérignon.

— Ce Wachter est complètement dérangé et il raconte n'importe quoi ! estima le chef superintendant. Son cas relève de la psychiatrie.

— Je vous concède qu'il ne semble pas en possession de toutes ses facultés, mais il faut tenter de savoir qui il est exactement.

— Si Hans Wachter est bien son vrai nom, le Yard nous fournira un dossier aussi vite que possible. Mais je ne vous promets rien. Ce bonhomme est un paranoïaque qui se croit persécuté par la terre entière.

— Il est tout de même venu ici, à Abano, et il ne nie pas connaître Winlock Taintrope, dont la disparition ne lui cause aucun chagrin.

— Comment accorder la moindre importance à des propos incohérents ?

— Un malade mental peut retenir des éléments essentiels qui tournent à l'obsession mais n'en demeurent pas moins réels.

— Accorderiez-vous un quelconque crédit à la thèse d'un complot contre ce malheureux ?

— Peut-être une idée est-elle à retenir : l'assassin n'a pas agi seul, il avait des complices.

— Quel rôle aurait tenu Wachter ?

— Il a parlé d'une erreur de cabine...

— Ce ne serait donc pas Taintrope qu'on aurait voulu supprimer... Mais pourquoi Hans Wachter aurait-il été la cible d'un assassin ?

— Je n'ai aucune réponse à cette question, reconnut Lord Percival, mais elle mérite d'être posée.

— Quand nous saurons qui il est vraiment, on pourra peut-être comprendre pourquoi il a perdu la raison ! Avez-vous remarqué qu'il parle sans cesse de sa femme ?

— Bien sûr, et j'ai ma petite idée à ce sujet...

Un maître d'hôtel en smoking s'approcha des deux enquêteurs.

— Mlle Ruth Mainlay vous fait savoir, messieurs, qu'elle est prête à vous recevoir.

La suite qu'occupait Ruth Mainlay était un vrai bijou : meubles du XVIIIe siècle finissant et tableaux de petits maîtres vénitiens consacrés au carnaval composaient une atmosphère raffinée où le modernisme et le confort s'étaient glissés avec discrétion.

Ruth Mainlay était bien une merveille de la nature. Vêtue d'un déshabillé rose fané presque irréel, couverte de bijoux authentiques, elle avait laissé libres ses longs cheveux châtains, dont la luminosité était exceptionnelle.

— Les nouvelles vont vite, dans un hôtel, dit-elle d'une voix fruitée et mélodieuse. Il paraît que vous êtes des enquêteurs britanniques chargés d'identifier l'assassin de Winlock Taintrope ?

— Lord Percival Kilvanock et chef superintendant Dodson pour vous servir, mademoiselle.

— Un lord... Vous avez des terres, j'espère ?

— Un vieux domaine familial, en Écosse.

— Comme c'est romantique ! Et vous croyez aux fantômes ?

— Qui pourrait nier la réalité ?

— En plus, vous êtes beau, élégant et pas trop vieux ! Je suis sûre que toutes les femmes tombent dans vos bras.

— Il ne faut rien exagérer, mademoiselle.

— Installez-vous au salon. J'ai fait servir du champagne rosé et des amuse-gueules. Le soir, je ne mange pas. Pour la ligne, l'Italie est redoutable !

C'était la première fois que le châtelain voyait porter une broche en jade entourée de diamants sur un déshabillé. Il s'en inspirerait pour offrir un cadeau somptueux à Lady Ophelia.

— Vous aussi, vous faites la cure ?

— Pas exactement, mademoiselle. Nous collaborons avec la police italienne pour découvrir l'assassin.

— Ah oui, j'avais déjà oublié ! Et c'est même moi qui vous en ai parlé... Toute cette histoire est terriblement fâcheuse... Moi qui ne vais jamais voir de films policiers au cinéma, je suis gâtée ! Comment imaginer un instant que j'allais me retrouver mêlée à un crime ? Bien que tout cela soit tragique, je ne parviens pas à m'empêcher d'en rire...

Et elle rit, avec une grâce inimitable, telle une adolescente ravie d'avoir joué un bon tour à un camarade trop pressant. Ruth Mainlay était naturellement séduisante et semblait s'en amuser elle-même, avec un féroce appétit de vivre.

— Ce n'est pas bien, je sais, mais je suis venue à Abano pour prendre du bon temps et je n'ai pas envie d'y renoncer à cause de cet incident.

— Pardonnez-moi mon indiscrétion, dit Lord Percival, mais de quoi souffrez-vous ?

— De rien ! Une amie, à Londres, m'a conseillé de commencer cette cure très jeune pour éviter tout problème articulaire et rhumatismal. Je n'ai que vingt-trois ans mais j'ai déjà peur de la vieillesse… Alors, j'ai suivi son conseil. La boue est une véritable épreuve… Mais la piscine, quelle merveille ! Et je me fais bichonner en m'offrant des soins de beauté à base de fango.

— Vous n'en avez pas besoin, mademoiselle.

Ruth Mainlay rosit.

— Vous êtes un flatteur… Mais je vous l'ai dit, on ne commence jamais assez tôt à lutter contre le vieillissement.

— Vous êtes donc anglaise et vous habitez Londres ? demanda Angus Dodson.

— J'adore cette ville ! Elle est redevenue jeune et complètement branchée ! Je sors presque tous les soirs et je m'amuse comme une folle ! Ici, au moins, je me couche tôt et je fais de longues nuits.

— Vous êtes célibataire ?

— Mais oui, superintendant, et bien décidée à le rester encore un bon moment. Il y a tellement de garçons charmants… Comment choisir ? Un vieux macho français, Sacha Guitry, a dit qu'être fidèle à une femme, c'est être infidèle à toutes les autres. Moi, je lui retourne le compliment par rapport aux hommes ! Je vous choque, peut-être ?

Le sourire de Lord Percival rassura Ruth Mainlay.

— Avez-vous un métier ? s'enquit Angus Dodson.

— Je n'y ai pas encore pensé… J'ai vite abandonné mes études, tant elles étaient ennuyeuses ! Comment peut-on se prendre au sérieux en alignant des équations incompréhensibles ou en récitant un poème stupide d'un vieil auteur que personne ne lit ? Même Shakespeare m'endormait, alors qu'une jolie comédie musicale bien rythmée me captivait !

— Vous vivez donc chez vos parents ?

— J'ai un mignon deux-pièces à Chelsea, car j'aime mon indépendance. Papa et maman sont adorables, ils satisfont tous mes caprices car ils savent que la jeunesse n'est pas éternelle.

— Vous n'aviez jamais rencontré Winlock Taintrope ?

— Qui ça ?

— La victime.

— Ah oui, on m'a cité son nom ! Non, je ne le connaissais pas. C'était un vieux, je crois ?

— Un financier international.

— Comme ce doit être barbant ! L'argent, toujours l'argent… Au fond, il n'est bon qu'à être dépensé. J'ai du mal à imaginer des gens très sérieux jonglant avec des milliards de livres sterling pour décider du sort du monde sans jamais sourire. À réfléchir, on aurait presque peur.

Le champagne rosé était frais à souhait.

— Vous ne fumez pas, mademoiselle ?

— Quelle horreur, Lord Percival ! Vous non plus, j'espère ? Le tabac, c'est complètement dépassé. Une drogue qui ronge les bronches et les poumons… Bien sûr, il y a encore pire, mais il ne faut surtout pas commencer par celle-là. Moi, je n'y ai jamais touché.

— Quand le cadavre de Taintrope a été découvert, quelque chose d'anormal s'est-il produit ?

— On a crié en italien… L'homme qui appliquait le fango, je crois. Moi, j'ai cru mourir de peur !

19.

Ruth Mainlay but un peu de champagne. Ses ongles de mains et de pieds étaient peints en rose pâle, exactement de la même couleur que le déshabillé.

Angus Dodson tentait de ne pas trop la regarder pour ne pas laisser son esprit s'égarer dans des chemins sans issue et il pensait que le vieux proverbe ne se trompait pas : lorsqu'une Anglaise est belle, aucune femme au monde ne saurait l'égaler.

— Pourquoi avez-vous eu peur, mademoiselle ? demanda Lord Percival.

— Je ne sais pas trop... Je me trouvais dans un merveilleux bain à l'ozone quand il y a eu une sorte d'appel au secours, puis des conversations en italien... Je ne comprends pas cette langue, mais le ton était très vif, affolé, on a couru dans le couloir du fango, d'habitude si tranquille... Il n'était pas si difficile de conclure qu'il se passait quelque chose de grave !

« Mme Vescovi m'a demandé de sortir du bain et de quitter ma cabine. J'étais très contrariée, mais je me suis quand même habillée et j'ai regagné ma chambre. Après, j'ai appris que ce Taintrope était mort et que l'on allait accuser la boue... Et enfin qu'elle a été disculpée et qu'il s'agissait d'un crime !

Le parfum de la jeune femme était un enchantement, mais il ne sentait pas les feuilles de violette froissées.

— Donc, aucun contact avec la victime ?

— Non, mais j'ai repéré un drôle de bonhomme dont je ne connais pas le nom.

— Pouvez-vous nous le décrire ? demanda le châtelain.

— Il est très laid, rondouillard, presque chauve et il descend parfois avec une béquille, mais j'ai l'impression qu'il ne s'en sert pas vraiment.

— Un simulateur ?

— Peut-être... En tout cas, un type inquiétant. Il se parlait sans cesse à lui-même comme si le monde extérieur n'existait pas, tout en gardant les yeux fixés sur les seaux remplis de fango. Il suivait aussi le moindre des mouvements d'Angelo comme s'il voulait les apprendre par cœur. Si j'avais vu ce bonhomme se comporter ainsi devant une banque ou un magasin, j'aurais juré qu'il préparait un mauvais coup. Et puis il avait toujours une main dans la poche de son peignoir, comme s'il tripotait un objet.

— Lui avez-vous parlé ?

— La première fois que je l'ai vu, j'ai cru qu'il allait avoir un malaise... Alors, je lui ai demandé : « Vous allez bien, monsieur ? » Il a tourné vers moi des yeux vides, totalement inexpressifs, comme un mort vivant, et il ne m'a pas répondu. Vous me diriez que ce type est un extraterrestre, je vous croirais ! Mais il me fait quand même moins peur que l'autre, le faux Sylvester Stallone... Quel ours, celui-là, une vraie bête sauvage ! Je ne sais pas pourquoi, mais je suis persuadée qu'il a dû être mercenaire et tuer des gens en les étranglant. Et le regard qu'il posait sur moi... Une tentative de viol ! Instinctivement, je resserrais mon peignoir, d'autant plus que l'on nous demande de ne rien porter en dessous lorsqu'on va au fango.

— Vous aurait-il importunée ?

— Ce n'est pas l'envie qui lui manquait, mais je sais me défendre, et il a dû le sentir.

— Vous avez dû bavarder avec Antonella Vescovi ?

— Bien sûr ! Elle aime raconter des anecdotes, et c'était amusant de les entendre !

— Vous a-t-elle parlé de ces deux hommes ?

— Juste des allusions… Elle ne les aimait pas du tout. Comme moi, elle sentait qu'il s'agissait de personnages troubles qui avaient quelque chose à cacher.

— Une bien sympathique personne, cette Mme Vescovi.

— Vous pouvez le dire, Lord Percival ! À mon sens, elle fait un travail d'homme mais elle ne rechigne pas à la tâche ! Toujours enthousiaste, toujours d'attaque, elle parvient presque à vous persuader que le passage par la boue était une partie de plaisir.

— Pas un mot sur Winlock Taintrope ?

— Elle ne l'aimait pas non plus, mais il venait juste d'arriver, et elle se laissait le temps de se forger une opinion, quoique les premières impressions soient généralement les bonnes.

— N'avez-vous pas entendu parler d'un rendez-vous entre Taintrope et Romsen ?

— Romsen ?

— Le sosie de Sylvester Stallone.

— Ah oui… Un rendez-vous ? Ah non… Remarquez, ça ne m'étonnerait pas. Ce Romsen, puisqu'il s'appelle comme ça, a bien une tête à comploter. Vraiment pas net, ce bonhomme-là.

— Angelo Bardini ne s'occupait pas du tout de vous ?

— Non, il est uniquement affecté aux hommes, et tant mieux ! Vous avez vu comme il est costaud ? Pas très grand, mais des épaules de lutteur et des mains terriblement musclées. Quand il plaque la boue contre la peau, on doit la sentir !

— Même pas un mot aimable à votre égard ?

— Si, un bonjour, un sourire... Mais il est très concentré sur son travail, de même qu'Antonella Vescovi. Ils ne prennent pas leur fonction à la légère et, avec eux, on est rassuré.

— Et Francisco ?

— Le garçon aux cheveux longs qui amène les seaux ? Lui, il est plutôt taciturne, mais il n'arrête pas non plus. Il faut que tout soit bien coordonné pour que le curiste n'attende pas et que les heures de rendez-vous soient respectées.

— On prétend que les jolies femmes sont souvent en retard...

— Avec Antonella, pas question ! Si vous n'êtes pas à l'heure prévue dans le couloir du fango, elle vous appelle au téléphone et vous demande, poliment mais fermement, de vous hâter. J'avoue l'avoir un peu mal pris le premier jour, puis je me suis habituée.

— N'avez-vous pas remarqué un homme d'une trentaine d'années qui ressemble plus ou moins à Paul Newman ?

— Un charmant garçon, Lord Percival ! Il s'est présenté dès qu'il m'a vue, et son anglais hésitant, avec un délicieux accent italien, m'a beaucoup amusée. Nous nous sommes croisés, dans l'hôtel, et il m'a offert un verre.

— Un nouveau soupirant, je suppose ?

— Pourquoi dites-vous ça ? Renato Cernunisca s'est montré très correct, il n'a eu ni geste ni propos déplacés.

— De quoi avez-vous parlé ?

— Du fango, bien entendu ! Comme c'est ma première cure, il m'a rassurée et m'a garanti que je me féliciterais plus tard de ses effets bénéfiques.

— A-t-il évoqué son métier ?

— Il est dans les affaires et voyage beaucoup. Qu'il ait pu se libérer quelques jours pour venir à Abano relève pour lui du miracle.

— Aucune allusion à Winlock Taintrope ?

— Aucune, Lord Percival.

— Vous aviez une voisine, Mlle Tendresse Menue.

— Ah, la chipie... Avec celle-là, j'ai tout de suite mis les choses au point. Quelle curieuse ! À peine m'avait-elle abordée qu'elle me bombardait de questions avec une agressivité incroyable ! Elle m'a même demandé le nom de ma coiffeuse et le prix qu'elle exigeait, un prix sûrement trop élevé quand on pense aux millions de malheureux qui meurent de faim sur la planète. Tout juste si elle ne m'a pas accusée d'être une capitaliste coupable d'exploiter les masses populaires... Je n'ai pas été très polie, je l'avoue, en la priant vertement d'aller se faire voir ailleurs et de ne plus m'adresser la parole. Ça ne l'a pas empêchée de continuer à m'observer, comme les autres curistes, d'ailleurs ! J'avais l'impression que ses yeux dissimulaient un appareil photographique et qu'elle n'arrêtait pas de prendre des clichés. Celle-là, j'espérais qu'elle allait périr brûlée dans le fango ! Et je crois qu'Antonella n'était pas loin de partager mon avis. Elle aussi a dû subir le feu roulant des questions de cette insupportable Française, mais, comme moi, elle a mis un coup d'arrêt.

— N'y avait-il pas aussi un homme d'affaires italien ?

— Ah, Giancarlo Manaudi ! Il est beaucoup plus

qu'un homme d'affaires... C'est un grand seigneur, un véritable artiste, un créateur... Antonella et Angelo éprouvent une véritable vénération pour lui, et je les comprends. Ce Manaudi a vraiment tout pour lui avec, en plus, cette classe italienne inimitable qui lui donne une allure de conquérant irrésistible. Il est très aimable, mais plutôt inaccessible. J'aurais bien aimé discuter avec lui et le questionner sur son travail, mais je ne l'ai vu que quelques instants dans le couloir du fango.

Ruth Mainlay était rêveuse.

— Ce sont des hommes comme celui-là qui ont fait de l'Italie le paradis des arts... Par bonheur, la tradition se perpétue. Il paraît que Giancarlo Manaudi habite un palais sublime peuplé de sculptures et de peintures. J'espère que j'aurai l'occasion de le revoir et de le supplier de me faire visiter cette merveille.

— Avez-vous une hypothèse sur le meurtre ? demanda Dodson.

— Pas la moindre, superintendant.

20.

Renato Cernunisca occupait une chambre agréable, au dernier étage de l'hôtel Euganei. Il avait une vue splendide sur les collines dont la présence était l'un des secrets de la boue miraculeuse.

Comme s'il avait perçu la venue des enquêteurs, il ouvrit sa porte avant même qu'ils ne frappent.

— Lord Percival Kilvanock et chef superintendant Angus Dodson, je présume ? Oh, rassurez-vous, je ne vous espionnais pas, mais tout l'hôtel ne parle que de vos investigations. Il paraît que vous interrogez les personnes présentes dans le couloir du fango, le matin du drame. Alors, forcément, je vous attendais. J'ai commandé trois bloody mary... J'espère que vous aimez ?

Le mélange de gin, de jus de tomates et de poivre était parfaitement à point. Il redonna du tonus à Dodson.

— Connaissez-vous la nature exacte de ce drame, monsieur Cernunisca ?

— Elle n'est pas bien difficile à deviner... Un curiste anglais, Winlock Taintrope, a été victime d'un malaise. Ce fut l'affolement général. Moi, je me trouvais dans ma cabine et je me reposais, après être sorti de la boue et après avoir pris le bain à l'ozone. Angelo m'avait essuyé, je m'étais vêtu de mon peignoir, la capuche rabattue sur la tête, et je m'étais assis car la tête me tournait. C'est fréquent, après une séance de fango. J'aime bien récupérer quelques minutes avant d'aller à la salle de massage. Des secours sont arrivés, on a constaté le décès et l'on a demandé à tous les curistes de remonter dans leurs chambres. Dans un premier temps, on a accusé une boue trop chaude d'avoir causé le décès de ce malheureux. Quelle catastrophe pour Abano ! Puis l'enquête a conclu à un crime, ce que vous avez corroboré dans votre conférence de presse que j'ai regardée à la télévision. Et à présent vous cherchez l'assassin.

Les cendriers étaient vides, il n'y avait aucune odeur de tabac dans la pièce. L'odorat très sensible de Lord Percival s'étonna qu'un personnage comme Renato Cernunisca, dont la mise se voulait raffinée, se contente d'une eau de Cologne de qualité moyenne. L'absence d'un parfum de luxe cadrait mal avec la chemise à jabot, le gilet vert pomme aux revers en soie sauvage et le pantalon en flanelle digne d'un grand tailleur anglais.

Sur le petit bureau de style Renaissance, quelques feuilles de papier couvertes de dessins et un stylo en nacre.

Voyant que le regard de Lord Percival s'attardait sur ces objets, Cernunisca se leva, les rangea dans un tiroir et revint s'asseoir.

— J'ai horreur du désordre... Êtes-vous sur une piste sérieuse, messieurs ?

— Revenons sur le moment du drame, décida Dodson. Tout était normal, ce matin-là ?

— Oui, il y avait les curistes habituels qui respectaient leur heure de rendez-vous. Le plus récemment arrivé était précisément Winlock Taintrope, qui n'avait subi qu'une seule séance de fango.

— Lui avez-vous parlé ?

— Je suis italien, de Naples, et comme tous les Napolitains je vais naturellement vers les gens. Quand nous nous sommes croisés, je lui ai souhaité la bienvenue, mais il m'a toisé avec un tel mépris qu'il m'a aussitôt dissuadé d'insister. D'après le personnel de l'hôtel, Taintrope était un personnage suffisant et odieux qui tenait autrui pour quantité négligeable, et ordonnait que ses exigences fussent immédiatement satisfaites. De plus, il était d'une nervosité insupportable ! Cela m'arrive très rarement, mais je n'ai pas fait de deuxième tentative auprès de lui et j'ai décidé de ne plus m'en approcher. J'ignore ce que faisait ce monsieur, mais, s'il dirigeait une entreprise, je plains ses employés !

— Vous-même, intervint Lord Percival, quelle est votre profession ?

— Le commerce, l'import-export de marchandises très diverses. Après de tristes années plutôt chaotiques, l'Italie est sur la voie de la prospérité. Nos industries sont dynamiques, surtout dans le Nord, et nous jouons à fond la carte de la construction européenne. Je crois beaucoup dans l'avenir de mon pays, bien qu'il soit freiné par des impôts trop élevés. Mais l'Italien sait se débrouiller...

Les yeux marron foncé de Renato Cernunisca étaient d'une extraordinaire mobilité, comparables à ceux d'un insecte en perpétuelle activité, de peur d'être surpris par un prédateur.

— J'en conclus que vos affaires se portent bien.

— Parfaitement bien, Lord Percival ! J'y mets beaucoup de cœur et je n'arrête pas de travailler : il n'y a pas d'autre raison au succès. Je ne crois pas à la chance, mais uniquement à la persévérance. La concurrence est redoutable, de nos jours, et l'on n'a pas le droit de se relâcher un seul instant.

— Vous avez quand même trouvé le temps de faire une cure à Abano, objecta Dodson.

— Une vraie acrobatie, superintendant! J'ai dû décaler des rendez-vous, changer des billets d'avion... et je sais qu'il me faudra rattraper tout le bon temps passé ici.

— Un problème de rhumatismes, je suppose?

— Seulement le stress... Dans mon métier, il est permanent et atteint parfois des proportions insupportables. Un ami m'a conseillé d'oublier les médicaments chimiques et de m'en remettre à la boue d'Abano! J'ai suivi son conseil et je ne le regrette pas. Quelques séances de fango, et me voici détendu, prêt à de nouvelles conquêtes commerciales.

— Winlock Taintrope était un investisseur de niveau international, précisa Lord Percival. Vous auriez pu traiter avec lui.

— Je m'en serais souvenu, croyez-moi! Les malheureux qui l'ont affronté ont dû avoir du mal à s'en remettre. Je suis persuadé qu'il ne cherchait pas à négocier, mais uniquement à dévorer son concurrent sans trop se soucier des méthodes.

— Vous semblez bien le connaître.

— Non, non, pas du tout... C'est simplement de la psychologie des affaires. Dans mon métier, il faut savoir la pratiquer. On rencontre quelqu'un une fois, et l'on en tire quantité de déductions, indispensables pour bâtir une stratégie. Si l'on se trompe, on le sent passer! Voilà ce que je pense de Taintrope, mais je n'ai aucune preuve.

— S'il vous avait fait une confidence, vous ne la garderiez pas pour vous?

— Bien sûr que non, Lord Percival ! Mais il ne m'en a fait aucune et, de vous à moi, ce ne devait pas être son style !

— Quand vous vous reposiez, interrogea Dodson, la porte de votre cabine était-elle ouverte ?

— Non, fermée.

— Vous pouviez quand même voir des silhouettes passer dans le couloir.

— Non, j'étais tassé sur moi-même, le capuchon de mon peignoir rabattu sur la tête et les yeux fermés. Ce sont les conversations agitées qui m'ont alerté... D'habitude, le couloir du fango est silencieux.

— Ce drame ne vous a pas bouleversé au point de vous faire quitter Abano.

— J'ai été ému, je l'avoue, mais j'avais néanmoins envie de terminer ma cure, tant elle me fait du bien.

— Vous n'avez donc jamais cru à la culpabilité du fango.

— Sur le moment, je n'y ai pas pensé... Et votre intervention a été si rapide que je n'ai pas eu le temps de m'angoisser à ce sujet. Taintrope est mort, tout est rentré dans l'ordre... Pourquoi partirais-je avant la date prévue ? Mes périodes de repos sont si rares que je n'ai pas envie de les galvauder.

— Avez-vous déjà été le témoin d'un crime ? demanda Lord Percival.

— Moi, témoin... Jamais ! Et, même dans ces circonstances, je ne peux quand même pas être considéré comme un témoin, puisque je n'ai rien vu ! La malchance m'a conduit à être présent dans une cabine de soins pendant qu'on assassinait Taintrope dans la sienne, rien de plus !

— Comment savez-vous qu'on l'a assassiné dans une cabine ?

— Mais… c'est évident ! On ne peut l'avoir tué que là !

— Et de quelle manière ?

Renato Cernunisca blêmit.

— Je l'ignore, Lord Percival… Je n'en ai aucune idée !

— Ne vous êtes-vous pas forgé une hypothèse ?

— Non, non, pas la moindre… Le monde du crime m'est absolument étranger. Je suis dans les affaires, moi, je m'occupe de commerce et je ne suis jamais confronté à une pareille violence.

— Si nous parlions de votre chevalière en or ?

21.

Renato Cernunisca vida son verre de bloody mary.

— Ma chevalière en or… Je ne vois pas de quoi vous parlez.

— Angelo Bardini n'a-t-il pas tenté de vous la voler ?

L'Italien parut soulagé.

— Ah, je me souviens ! Oh non, ce brave Angelo n'avait nullement l'intention de me dérober ce bijou de famille que je porte de temps à autre.

— Pourtant, d'après votre réaction, vous y tenez beaucoup.

— Précisément parce qu'il s'agit d'un bijou de famille. En lui-même, il n'a aucune valeur, mais il appartenait à mon père aujourd'hui disparu, et j'y tiens comme à la prunelle de mes yeux. Ça peut paraître puéril, j'en suis conscient, mais on ne se refait pas. Nous avons tous nos petites manies, et moi, je suis très attaché à mes souvenirs familiaux. Un autre verre, messieurs ?

— Ce ne sera pas nécessaire, monsieur Cernunisca. Dois-je comprendre que vos rapports avec Angelo Bardini n'étaient pas excellents ?

— Au contraire, inspecteur, au contraire ! Angelo est un merveilleux professionnel, peut-être un peu rude, mais il connaît la boue comme personne. D'ailleurs, l'hôtel Euganei n'engage que les meilleurs dans leur spécialité. Je n'ai rien à reprocher à Angelo et je suis pleinement satisfait de ses services. Aussi, quand je m'en irai, je lui laisserai un bon pourboire.

— N'avez-vous pas pris l'habitude d'arriver en avance sur l'heure de votre rendez-vous ?

— Si, car j'ai horreur d'être en retard. Une fois, j'ai raté un avion et cette bêtise m'a causé d'innombrables soucis. Je me suis juré de ne plus retomber dans ce travers, et c'est pourquoi je suis toujours en avance.

— Le matin du crime, Angelo Bardini vous a-t-il paru dans son état normal ?

— Tout à fait… Un peu bourru, mais sympathique en diable. Il m'a prévenu que la boue était bien chaude et il me l'a appliquée avec soin, comme les jours précédents.

— Combien de fois est-il revenu vous essuyer ?

— Deux fois.

— Que vous a-t-il dit ?

— Il m'a juste demandé : « *Tutto bene ?* » et je lui ai répondu : « *Si.* »

— Rien d'autre ?

— Non, rien.

— Ne vous a-t-il pas paru pressé ou énervé ?

— Non, pas du tout. Il suivait son rythme habituel, ni plus ni moins.

— Ensuite, il vous a libéré du fango et douché.

— Exactement, et je me suis plongé avec délice dans le bain à l'ozone.

— Aucune attitude bizarre de la part d'Angelo Bardini ?

— Aucune.

— Que savez-vous de lui ?

— Mais… rien, Lord Percival !

— N'avez-vous pas eu l'occasion de bavarder? insista Dodson.

— Si, mais de choses et d'autres.

— Par exemple ?

— Du brouillard, normal en janvier, des bienfaits du fango, de la médiocrité des hommes politiques en Italie et ailleurs...

— Rien sur la vie privée de Bardini ?

— Rien.

— Et sur celle d'Antonella Vescovi ?

— Rien non plus. Comme elle ne s'occupait pas de moi, j'avais juste l'occasion de la saluer. Une personne sérieuse et déterminée, à mon avis. Quand elle a quelque chose dans la tête, on ne doit pas le lui enlever facilement !

— Parmi les curistes dont elle s'occupe, il y a une très belle Anglaise, dit Lord Percival.

— Oui, Ruth Mainlay... J'ai rarement vu une femme aussi belle ! J'ai osé l'aborder, persuadé qu'elle refuserait d'échanger deux mots avec un inconnu. Mais elle s'est montrée délicieuse et très aimable, quoique sachant garder ses distances. La femme idéale, en quelque sorte... Idéale et inaccessible, comme l'adorent les vieux poètes italiens !

— N'êtes-vous pas un peu amoureux d'elle ?

— Si, naturellement, qui ne le serait pas ? Il suffit de la voir pour se demander si l'on n'a pas eu tort de rester célibataire... Mais Ruth Mainlay n'est qu'un rêve qui passe, et il faut savoir garder les pieds sur terre. Pour être sincère, je ne m'attendais pas à rencontrer une personne aussi séduisante dans un hôtel de cure où la moyenne d'âge est plutôt élevée. La vie vous réserve parfois de belles surprises, même si ce ne sont que les chimères d'un moment.

— Vous a-t-elle donné la raison de sa présence ici ?

— Non… J'espère qu'elle ne souffre de rien de sérieux et que, comme moi, elle vient seulement combattre le stress.

— N'avez-vous pas envie de la revoir après la fin de la cure ?

— Je ne suis pas un rêveur, Lord Percival. Mlle Mainlay n'est pas une femme pour moi, mais elle m'a considéré comme un Italien sympathique et accueillant. Entre un homme et une femme, il se produit parfois des moments privilégiés de ce genre-là, sans aucune équivoque. Je n'en dirais pas autant en ce qui concerne la petite peste française aux cheveux frisés qui occupait la cabine voisine de celle de Ruth Mainlay… Une guêpe agressive est moins désagréable !

— Mlle Menue vous aurait-elle importuné ?

— Presque… Elle m'a posé mille questions sur mon métier, mon enfance, mes opinions politiques, mes relations, le tiers-monde, et j'en passe… sans me laisser le temps de répondre à l'une d'elles ! J'avais entendu parler de l'hystérie, mais la rencontrer, c'est impressionnant ! En Italie, nous avons la parole facile, mais cette fille-là battrait tous nos records. Soudain, elle ne s'est plus intéressée à moi, comme si je l'avais déçue, et elle est passée à un autre curiste, un drôle de type presque chauve et rondouillard. Un jour il venait avec une béquille, l'autre non, et il marmonnait, comme s'il se racontait à lui-même une histoire sans fin. Lui, je n'ai pas osé l'aborder, car je me suis demandé s'il n'était pas un peu dérangé. La Française, elle n'a pas hésité, mais ce fut probablement un dialogue de sourds ! Mais que cherchait cette pipelette ?

— Vous avez eu l'occasion de rencontrer l'un de vos illustre compatriotes.

— Giancarlo Manaudi ? Je l'ai tout de suite

reconnu… Il est passé plus de cent fois à la télévision, et les grands magazines internationaux l'ont souvent photographié. Non, je ne me suis pas approché de lui… C'est un trop grand personnage, qui évolue dans un autre monde.

— On dirait que vous en avez peur…

— Peur, c'est un grand mot… Mais on ne dérange pas un homme public de cette ampleur-là. J'ai le sens des convenances, Lord Percival, et je sais me tenir à ma place.

— Donc, pas le moindre contact avec Giancarlo Manaudi ?

— Je me suis contenté de le saluer bien bas et il m'a répondu fort aimablement, ce qui ne fut pas le cas d'un certain Romsen, un homme glacial et particulièrement odieux. Quelque chose le tracassait, celui-là.

— Pourriez-vous être plus précis ? demanda Dodson.

— Non, un simple sentiment… Il me rappelait un acteur américain dont le nom m'échappe, en plus brutal et en plus vulgaire. J'ai quand même tenté, par habitude, de lier connaissance, mais il m'a fait comprendre qu'il ne désirait pas être importuné. Vous pensez bien que je n'ai pas insisté ! Cependant ce Romsen paraissait particulièrement mal à l'aise, comme s'il préparait un mauvais coup.

— C'est une sérieuse accusation, monsieur Cernunisca.

— Je n'irais pas jusque-là, superintendant ! Je vous fais seulement part d'une impression sans vouloir causer aucun tort à ce Romsen. Il m'est antipathique, mais chacun sait que l'habit ne fait pas le moine et qu'il ne faut pas se fier à l'apparence. Ce type n'a peut-être d'autre défaut qu'un mauvais caractère.

— Si vous en savez davantage sur son compte, il faut nous le dire.

— Je n'hésiterais pas un instant, superintendant ! Collaborer avec la police est le premier devoir d'un citoyen… Dans le cas présent, je n'ai malheureusement rien de concret à vous offrir.

— Si vous aviez à désigner un assassin, vous parieriez sur Picky Romsen ?

— Dieu me garde d'une telle imprudence ! Je déteste les jeux de hasard… Ils vous mènent infailliblement à la ruine.

— Pourtant, dans le commerce, il faut savoir prendre des risques, objecta Lord Percival.

— Des risques tout à fait calculés, croyez-moi. La gestion moderne consiste précisément à réduire la part du hasard au minimum.

Le téléphone portable de Dodson sonna.

— Oui, commissaire… Ah, il y a quelques minutes… Vous l'avez intercepté ? Nous venons tout de suite.

Le chef superintendant se tourna vers le châtelain.

— Il y a du nouveau.

22.

Le policier italien démarra sur les chapeaux de roue et fonça droit devant lui comme si la route lui appartenait. Il emprunta la voie rapide sortant d'Abano en direction de Padoue, croisa l'ancienne voie Appienne et fit tourner le moteur à plein régime pour atteindre au plus vite la petite agglomération de Monteroso qu'il traversa en trombe et sirène hurlante. À l'arrière, Dodson avait attaché sa ceinture et retenait son souffle.

Roulant pleins phares, le véhicule officiel atteignit quelques minutes plus tard la grande abbaye bénédictine de Santa Maria, protégée par une douce colline boisée, du nom de Boscalbò, et le mont delle Are.

La construction avait débuté au XIe siècle, et l'abbaye avait eu son heure de gloire au XIIe siècle, avant de connaître un important développement sous l'influence des bénédictins et d'une riche congrégation religieuse de Padoue. Avec son allure de villa à la fois élégante et puissante, Santa Maria n'avait pas compté moins de quatre cloîtres que dominait un campanile du XIIIe siècle.

En 1966, après la terrible inondation qui avait frappé Florence, l'abbaye avait accueilli quantité de manuscrits anciens, désormais en sécurité aupres des tableaux de Domenico Campagnola et de Palma le Jeune. Les bénédictins avaient fondé un laboratoire de restauration des livres rares et précieux dont la réputation avait franchi les frontières de la région.

À une centaine de mètres de l'entrée, trois voitures de police, dont les gyrophares lançaient des lumières sinistres dans le brouillard nocturne.

Le chauffeur pila juste devant le commissaire Gianfranco Gaudeo, engoncé dans un épais manteau de laine.

Lord Percival et Angus Dodson, un peu vacillants, sortirent du véhicule.

— Vous n'avez pas mis longtemps...

— Le mérite en revient à votre chauffeur, reconnut le châtelain.

— Je vous ai donné le meilleur. Avec lui, on ne musarde pas en route, et il n'a eu que deux ou trois accidents graves à cause de chauffards incapables de manœuvrer correctement.

Un vent faible mais glacial transperçait les os.

— Que s'est-il passé ?

— Nous avons bien fait de placer Angelo Bardini sous surveillance, Lord Percival ; le gaillard n'a pas tardé à craquer ! Quand il a quitté son domicile, il a enfourché une motocyclette et il est sorti d'Abano. Mes hommes l'ont suivi. Rien de particulier jusqu'à la sortie de Monteroso... Là, il s'est aperçu qu'on le filait. Et savez-vous comment il a réagi ? Il a accéléré ! Mes consignes ont été respectées à la lettre : par radio, deux autres voitures ont été alertées avec ordre de l'intercepter. Bardini s'est montré plutôt habile, mais il n'était pas de taille.

— Il n'est pas blessé ?

— Un genou couronné et une estafilade au front...

Il est tombé en tentant de faire un demi-tour pour nous échapper.

— L'avez-vous interrogé ?

— Cette tête de mule refuse de me répondre hors de votre présence. Pour être franc, Bardini commence sérieusement à m'énerver ! Si nous n'avions pas arrêté les termes de notre collaboration, je me serais montré nettement moins patient.

Vêtu d'un pull-over noir et d'un pantalon de velours sombre, Angelo Bardini, menotté, faisait sa tête des mauvais jours. Assis dans l'herbe, au bord de la route, il semblait indifférent au froid.

— Bonsoir, monsieur Bardini, dit Lord Percival. Pourquoi vous être comporté de la sorte ?

— Quand vous avez les flics aux fesses, vous faites comment, vous ? Ils passent leur temps à vous coller des amendes parce que vous n'avez pas réglé telle ou telle taxe, parce que vos pneus sont lisses, parce que vous polluez trop... J'ai eu peur, c'est tout, et j'ai tenté de leur fausser compagnie.

— Vous n'aviez aucune chance.

— Il fallait quand même essayer... La plupart du temps, les flics ne se montrent pas très brillants dans leurs courses-poursuites.

Le commissaire Gaudeo s'emporta.

— Si vous le prenez sur ce ton, Bardini, je vous expédie tout de suite en cabane ! Pourquoi avez-vous pris la fuite ?

— Je n'ai pas pris la fuite, j'ai eu peur d'être interpellé à cause de ma vieille motocyclette. Je sais qu'elle n'est pas en règle et que je risque une grosse amende.

— Vous vous fichez de moi, Bardini ! Allez-vous dire enfin la vérité ?

— C'est pourtant simple à comprendre, commissaire : j'avais envie de faire un tour et je suis venu ici par hasard, puisque vous me colliez au train. J'ai encore le droit de sortir de chez moi et d'aller me promener, non ?

— Ne racontez pas d'histoires : ce n'est pas dans vos habitudes.

— Il ne vous arrive pas d'en changer, commissaire ?

— Ce n'est pas à vous de poser des questions, Bardini !

— Vous pouvez quand même essayer de me comprendre ! Jusqu'à présent, j'avais une vie bien tranquille, avec des horaires bien réglés et un métier que j'aimais beaucoup... Et voilà un cadavre dans ma cabine 4 ! D'abord on m'accuse de faute professionnelle, puis on met en cause le fango, ensuite on parle d'assassinat et, enfin, on me retombe sur le dos... Vous ne seriez pas un peu perdu, à ma place ? Je ne trouve plus le sommeil, car je me demande à quelle nouvelle catastrophe je dois me préparer... alors, j'ai décidé de prendre un peu l'air.

— Vous sentiriez-vous responsable de ce qui est arrivé, monsieur Bardini ? demanda Lord Percival.

— Non, pas du tout ! C'est pourquoi je suis complètement tourneboulé... Je suis en train de perdre mes marques, moi, avec toutes ces folies. J'en ai parlé à maman, qui m'a conseillé de tenir le coup en gardant la tête haute. Elle est comme ça, maman, la morale avant tout... Et moi, je suis comme elle. La vie droite, je ne connais rien d'autre. Alors, avec tous ces événements, je ne sais plus comment je m'appelle... Enfin, rassurez-vous : si vous me laissez tranquille, je serai au travail demain matin, et personne n'aura à se plaindre de moi.

Le commissaire Gaudeo consulta du regard le châtelain, qui hocha la tête affirmativement.

— Vous êtes libre, à condition de coopérer, dit Lord Percival.

— Que voulez-vous que je fasse de plus ? s'inquiéta Tutto Bene.

— Combien de fois avez-vous enduit de fango Winlock Taintrope ?

Angelo Bardini réfléchit.

— Eh bien... Deux fois. Oui, deux fois.

— Sur ce point, vos premières déclarations n'étaient pas très claires.

— C'est possible...

— Deux fois, c'est certain ?

— Oui, certain.

— A-t-il été aussi désagréable la première fois que la seconde ?

— Oui, je crois que oui... Oui, aussi désagréable et se plaignant de tout et de rien. C'était son caractère, il fallait bien que je m'en accommode. Le client est roi, n'est-ce pas ?

— Vous êtes bien sûr que son attitude n'a pas provoqué chez vous de réaction violente ?

— S'il avait fallu que j'extermine tous les curistes ayant un caractère désagréable, je serais le plus grand criminel de l'histoire ! Non, je n'ai fait aucun mal à Taintrope.

— Vous pouvez partir, décida Lord Percival, sentant peser sur lui le regard désapprobateur du commissaire Gaudeo.

— Je vais dormir, annonça Tutto Bene, et je serai à mon travail demain matin.

Angelo Bardini enfourcha sa motocyclette, la fit démarrer et repartit à petite allure en direction d'Abano.

— Il est évident que Bardini ne dit pas la vérité ! s'exclama le commissaire Gianfranco Gaudeo. Vous le mettez en longue corde, c'est ça, en espérant qu'il va commettre une faute capitale qui nous donnera la preuve de sa culpabilité ?

— On peut voir les choses de cette façon.

— Ah, j'ai une bonne nouvelle pour vous ! Giancarlo Manaudi accepte de vous recevoir dans son palais, ce soir, à 22 heures, pour dîner. Il n'est pas libre avant ce moment-là et vous prie de l'en excuser. De mon côté, je vous demande de l'importuner le moins longtemps possible, puisque nous savons déjà qu'il est tout à fait innocent et n'a joué aucun rôle dans cette affaire. Tâchez de passer une agréable soirée.

— Je ferai de mon mieux, promit Lord Percival.

— Vous interrogerez les derniers témoins demain matin, je suppose ?

— Bien entendu.

Le commissaire monta dans une voiture, et les véhicules de la police démarrèrent. Pensif, Lord Percival contemplait le monastère.

— Vous venez ? s'inquiéta Dodson. Il ne fait pas chaud !

— Attendez-moi quelques minutes, superintendant. J'ai un détail à vérifier.

23.

L'abbé de Santa Maria reçut Lord Percival dans ses appartements décorés par Varotari et Toeput, un artiste flamand. À la fois affable et autoritaire, il examinait la dernière reliure effectuée par l'atelier de son monastère.

Quand Lord Percival pénétra dans le bureau de l'abbé, ce dernier vint à sa rencontre.

— On m'a prévenu que vous vouliez me voir de toute urgence, mon fils. Êtes-vous porteur d'une mauvaise nouvelle concernant notre monastère ?

— Rassurez-vous, mon père. Je suis simplement venu vous demander un renseignement.

— Ah… mais pourquoi cette précipitation ?

— Je suis Lord Percival Kilvanock et je participe à une enquête criminelle avec l'agrément de la police italienne.

— L'affaire de l'hôtel Euganei, je suppose ?

— Exactement.

— Je ne pense pas qu'un de mes moines soit impliqué…

— Certes pas.

— Mais alors… Comment puis-je vous aider ?

— Vous connaissez peut-être un employé de l'hôtel Euganei, Angelo Bardini.

— Angelo ? Bien sûr ! C'est un homme délicieux et très croyant. Il vient régulièrement se confesser ici.

— C'est tout ce que je voulais savoir. Merci, mon père.

Le chauffeur ramena les deux enquêteurs à vive allure. Il avait reçu la consigne de ne pas perdre de temps et il la respectait.

— Je n'ai rien contre ce Bardini, dit le chef superintendant, mais il a un comportement plutôt bizarre.

— Ne l'a-t-il pas justifié ?

— Qu'il soit troublé est compréhensible, mais tout de même… Le commissaire Gaudeo n'a-t-il pas un peu raison ?

— Il faut attendre les résultats des diverses investigations en cours, mon cher Dodson, et entendre les derniers témoins. À mon sens, il nous manque beaucoup trop d'éléments pour nous engager trop avant sur tel ou tel chemin.

— Mes inspecteurs travaillent d'arrache-pied. Dès demain, nous devrions avoir des résultats.

— Que pensez-vous de la personnalité de Renato Cernunisca ?

— Il est plutôt sympathique, mais il a l'air inquiet et nerveux. J'ai l'impression que sa jovialité est un peu feinte et qu'elle lui sert de masque.

— Je partage votre sentiment, superintendant. Et il y a un détail qui m'intrigue : il a dissimulé un peu vite des feuillets et un stylo dans le tiroir de son bureau.

— Vous pensez à un portemine et à l'indice que nous avons découvert dans la cabine 4 ?

— En effet.

— Une perquisition s'impose.

— Je préférerais une méthode plus discrète qui ne donnerait pas l'alerte à Cernunisca.

— Vous songez à...

— Si vous me prêtiez votre couteau suisse, je pourrais profiter de la première occasion.

— Le voici... Mais prenez garde. Si Cernunisca est l'assassin que nous recherchons, il est dangereux.

— J'agirai en son absence.

— J'espère que votre soirée chez Giancarlo Manaudi ne va pas s'éterniser... Demain matin, nous avons du travail.

— Il a tout de même accepté de me recevoir.

— Uniquement à cause de votre notoriété et de vos titres. Que pourrait-il avoir à se reprocher ?

— Il se trouvait dans le couloir du fango et peut avoir remarqué quelque chose d'important.

— J'ai l'impression que vous n'excluez pas du tout Manaudi de la liste des suspects, Lord Percival. Pourtant, il était dans la boue et n'aurait pu se déplacer sans laisser des traces bien visibles !

— Ce raisonnement paraît inattaquable, et je finirai peut-être par l'accepter si Manaudi n'a vraiment aucun rapport avec ce crime.

— Votre entretien risque d'être délicat...

Au bar de l'hôtel Euganei, Renato Cernunisca buvait un cocktail de fruits.

— Nous avons de la chance, murmura Lord Percival à l'oreille du superintendant. Je saisis cette occasion-là.

Cernunisca interpella les deux enquêteurs.

— Puis-je vous offrir quelque chose, messieurs ?

— Je suis malheureusement très pressé en raison d'une invitation, répondit l'Écossais. Mais le chef superintendant acceptera volontiers de bavarder un peu avec vous. Il y a justement quelques points qu'il aimerait préciser.

— Bien sûr, bien sûr, bougonna Angus Dodson.

— Qu'est-ce que vous prenez ? demanda l'Italien.

— Bourbon.

— Excusez-moi et bonne soirée, dit le châtelain, qui se dirigea vers l'ascenseur et appuya sur le bouton du dernier étage.

Ce dernier était désert.

Grâce à une petite lame du couteau suisse et à la pratique qu'Angus Dodson lui avait enseignée, l'Écossais mit moins de deux minutes à ouvrir la porte de la chambre de Renato Cernunisca, sans laisser la moindre trace d'effraction.

Se déplaçant sans bruit, il alla directement au petit bureau Renaissance dont il tira le tiroir. Les feuillets couverts de dessins se trouvaient bien là.

Chaque feuillet était numéroté. Il y en avait cinq.

Le stylo n'était qu'un stylo, pas un portemine.

Déçu, Lors Percival regarda longuement les dessins et les enregistra dans sa prodigieuse mémoire.

Intrigué par l'hypothèse qui naissait, l'Écossais continua de profiter de l'occasion et fouilla complètement la chambre.

Sous un sac de voyage, au fond d'une armoire, il découvrit une sorte de bourse en cuir contenant une chevalière en or, une carte à puce, plusieurs films de radios dentaires et un carré de plastique soigneusement découpé.

L'armoire de toilette de la salle de bains réservait une autre surprise au châtelain : une trousse contenant une dizaine d'outils miniaturisés, dont des clés et des tournevis.

Intrigué, l'Écossais poursuivit son exploration mais ne fit pas d'autre découverte. Le personnage de

Renato Cernunisca prenait une dimension bien différente.

En smoking grenat sobre et classique, Lord Percival oublia la conduite acrobatique de son chauffeur pour réfléchir à tout ce qu'il avait appris depuis le début de l'affaire Taintrope. Son esprit se heurtait à des portes closes qu'il était bien décidé à ouvrir, quelles qu'en fussent les difficultés.

La petite route sinuait dans un paysage tendre et paisible, noyé dans la brume d'une nuit hivernale. Après avoir longé un golf, elle s'élançait à l'assaut d'une petite colline, à l'écart de l'urbanisation.

Quelques virages plus raides obligèrent le chauffeur à ralentir un peu, mais il se rattrapa dans la dernière ligne droite, tracée entre deux rangées de cyprès, pour aboutir à la grille d'entrée du palais.

Un domestique en habit attendait l'hôte de Giancarlo Manaudi et le conduisit à travers un magnifique jardin en forme de labyrinthe, peuplé de statues à l'antique, représentant Vénus au bain, Diane chasseresse et d'autres divines beautés immortalisées dans le marbre.

Lord Percival se sentit brusquement plongé en plein XVIe siècle, à des années-lumière du monde moderne. Peu à peu, un austère palais se dessina dans le brouillard. Il ne manquait pas d'élégance mais paraissait presque hostile.

Et le châtelain frissonna.

N'était-il pas tombé dans un piège ?

24.

Sosie de l'acteur italien Marcello Mastroianni, Giancarlo Manaudi était vêtu d'un smoking bleu sombre et fumait un havane en consultant des revues de mode.

Lorsque son majordome lui annonça l'arrivée de Lord Percival, il alla au-devant de son hôte.

— Ravi de recevoir dans ce modeste palais un Écossais de vieille souche.

— Merci pour votre invitation, monsieur Manaudi. Cette demeure est somptueuse.

— Elle doit vous paraître bien dérisoire à côté de votre château.

— Dérisoire, non... Plutôt mystérieuse.

— Ce n'est pas mon palais préféré, mais je l'habite quand je fais ma cure à Abano. Vous avez raison, il s'est déroulé un certain nombre de drames domestiques entre ces murs. Autrefois, on avait le poison facile et l'on ne pardonnait pas les infidélités conjugales. Étant prudent de nature, j'ai choisi de ne pas me marier. Dîner au champagne vous convient-il ?

— Tout à fait.

— Pardon de vous avoir imposé cet horaire tardif, mais j'avais de nombreux problèmes à régler avec mes collaborateurs et je ne pouvais pas me libérer facilement.

La voix de l'Italien était chaude et envoûtante, mais l'œil noir et glacé. Il devait avoir l'habitude de terroriser ses interlocuteurs en les hypnotisant, puis de frapper un coup décisif. Lord Percival sentit que Giancarlo Manaudi s'étonnait de rencontrer une résistance plus forte qu'il ne l'avait imaginé. Il s'attendait probablement à soumettre sans peine un interlocuteur impressionné, un nobliau britannique surgi d'un pays inculte et venu s'égarer dans une Italie riche et somptueuse. Mais il se heurtait à un roc écossais qui ne reculait devant rien et ne cédait jamais.

— J'ai commandé un dîner tout simple : caviar, langouste grillée et sorbet au thym.

— Le caviar commence à poser un vrai problème, en raison de la pollution. À Lonecastle, je fais contrôler sa radioactivité, et il m'arrive de plus en plus souvent de le retourner au producteur.

— Nous vivons dans un drôle de monde, concéda Manaudi, légèrement irrité. J'espère que mon caviar iranien ne sera pas contaminé.

— Il faut savoir prendre des risques.

La salle à manger du palais ressemblait à un musée : statuette d'Hygie, déesse de la santé, buste en marbre de Pietro d'Abano, petits bronzes antérieurs à la période romaine et représentant des malades guéris par la boue miraculeuse, cheminée gothique aux surprenantes colonnes en terre cuite et fresques de Jacopo da Montagnana datant du XVe siècle et représentant la Vierge sauvant Abano de la peste en lui révélant l'emplacement d'une source miraculeuse.

Avant de prendre place, Lord Percival s'attarda sur un dessin d'architecte exposé sur un lutrin.

— Un authentique Giuseppe Japelli... Mes félicitations pour votre collection, monsieur Manaudi.

— Vous connaissez bien l'art italien, dirait-on.

— Qui peut se vanter de bien connaître un univers aussi vaste? J'ai remarqué aussi, exposé près d'un dessin de Léonard de Vinci, l'un des premiers exemplaires de *La Divine Comédie* de Dante. J'avoue que son idée de commencer par l'enfer pour terminer par le paradis m'a toujours séduit.

— N'oublions jamais que l'Italie a civilisé l'Europe. C'est grâce à elle que de nombreux pays sont sortis de la barbarie.

Les deux hommes s'assirent, s'observant en chiens de faïence.

— Puis-je vous demander des nouvelles de votre santé, monsieur Manaudi ?

— Elle est excellente.

— Grâce à la cure, je suppose ?

— À la suite d'une chute de cheval, il y a cinq ans, j'ai cru que je devrais subir une délicate opération de la hanche avec des chances de succès limitées. Pour un homme aussi actif que moi, une catastrophe ! Je me suis résigné, sans trop y croire, à tenter l'expérience d'Abano. Après plusieurs cures intensives et prolongées, la douleur a disparu et je me déplace sans aucune difficulté. J'aurais dû faire confiance à la tradition. Tant de célébrités ont fait appel à la boue pour retrouver la santé ! Notre immense poète Pétrarque, bien sûr, dont la jolie maison d'Arqua, tout près d'ici, est devenue un musée, mais aussi l'historien romain Tite-Live, Montaigne, Goldoni, Dante, Stendhal, Goethe, le divin Mozart et même vos compatriotes Shelley, Lord Byron et Shakespeare !

Au centre de la table trônait une petite sculpture

représentant une danseuse nue, aux formes délicieuses.

— Ne s'agirait-il pas de Claudia Toreuma, qui dansait aux thermes de Montegrotto sous le règne de l'empereur Tibère ? demanda Lord Percival.

Giancarlo Manaudi dissimula mal son étonnement.

— Seriez-vous un familier de la région et de son histoire ?

— Malheureusement non... Un simple souvenir de lecture.

— Oui, c'est bien elle. Elle est malheureusement morte très jeune, mais l'écho de sa beauté a traversé les âges.

— J'ai été fasciné par la personnalité de Pietro d'Abano, dont vous possédez un buste, poursuivit l'Écossais. Philosophe, alchimiste, astronome, médecin, jugé trois fois par l'Inquisition et finalement condamné à être brûlé... mais trop tard, il venait de mourir.

— Le XIVe siècle fut parfois fanatique, ajouta l'Italien. L'Église a ordonné de brûler le cadavre de ce génie.

— N'avait-il pas étudié les effets dépuratifs des eaux thermales ?

— En effet. Je m'aperçois qu'Abano n'a plus de secrets pour vous.

— Ce serait trop dire, monsieur Manaudi. Mais comment ne pas s'intéresser à un endroit aussi exceptionnel ?

Au regard à la fois intrigué et courroucé de l'Italien, Lord Percival comprit que ce dernier avait tiré une leçon de leurs premières passes d'armes : inutile de tenter d'éblouir l'Écossais pour lui faire oublier les motifs de sa visite.

— Votre caviar est excellent.

Manaudi estima que les préliminaires avaient assez duré.

— Où en est l'enquête sur la mort de Winlock Taintrope ?

— Nous disposons d'une certitude : il a été assassiné.

— Et la boue est définitivement innocentée ?

— Définitivement.

— Comment a-t-il été tué ?

— Nous avons pu établir les faits, monsieur Manaudi, mais vous comprendrez aisément que cette information doit demeurer confidentielle.

— Naturellement... Et vous avez une piste sérieuse ?

— Les investigations se révèlent assez difficiles, mais nous disposons de quelques indices intéressants qui devraient nous permettre d'aboutir, à condition de ne pas nous emballer.

— Se hâter lentement... C'est votre devise ?

— Un conseil que je donnerais volontiers à tout enquêteur. Il faut faire vite pour préserver certaines traces plus ou moins apparentes d'un crime, mais aussi éviter de réfléchir dans la précipitation.

— La criminologie... n'est-ce pas un travail de cabinet ?

— Je ne nie pas son importance, mais il risque de conduire à trop de théories qui ne débouchent sur rien.

— Le travail sur le terrain n'est-il pas... dangereux ?

— Le danger fait partie du métier. Quand vous cherchez à identifier un criminel, vous devez vous attendre qu'il utilise toutes les méthodes possibles et imaginables pour s'échapper, depuis la fuite éperdue jusqu'à l'agression.

— Et vous ne redoutez pas une mort brutale ?

— L'Écosse est un pays rude et noble qui vous forge le caractère. J'ai peur de la souffrance, comme la plupart des êtres humains, mais je ne redoute pas la mort. Ne fait-elle pas partie de la vie ?

— C'est un point de vue… Moi, je suis prêt à vivre très vieux et à profiter au maximum de ma fortune. Traquer un assassin me paraîtrait beaucoup trop risqué.

— Chez les Kilvanock, c'est de famille.

— En ce cas… Mais je ne vois pas comment je pourrais vous aider.

— De diverses manières, monsieur Manaudi.

— Vous me surprenez, Lord Percival ! Pourriez-vous vous expliquer ?

— En premier lieu, vous avez été témoin du crime.

25.

Les lèvres de Giancarlo Manaudi se pincèrent. Il sonna pour appeler son maître d'hôtel, qui desservit les assiettes à caviar, remplit les flûtes de Dom Pérignon et apporta la langouste.

— Je n'ai été témoin d'aucun crime, protesta l'Italien.

— Vous vous trouviez pourtant dans le couloir du fango, le matin où Taintrope a été assassiné.

— Pas dans le couloir, mais dans ma cabine ! De surcroît, j'étais recouvert de fango, dans mes couvertures !

— Et vous n'avez rien entendu d'insolite ?

— Quand je suis dans cette boue salvatrice, je ferme les yeux et les oreilles, et je ne pense à rien. Pour certains, c'est une épreuve ; pour moi, un moment de liberté et de détente presque absolu. Plus de téléphone, plus de rendez-vous, plus de marketing, plus de soucis... Cela peut paraître bizarre, mais je me sens léger dans cette boue brûlante qui me fait oublier les aléas du quotidien.

— Il y a pourtant eu des conversations un peu vives dans le couloir, l'arrivée des secours...

— Moi, je n'ai vu arriver qu'Angelo ! Visiblement ému, il a ôté le fango, m'a douché et m'a prié de regagner ma chambre, conformément aux instructions qu'il venait de recevoir. Bien entendu, je lui ai demandé ce qui se passait, et il m'a répondu qu'un curiste anglais, Winlock Taintrope, venait de décéder.

— À quoi avez-vous pensé, à ce moment-là ?

— Mais... à rien de précis ! Égoïstement, j'ai regretté qu'on abrège ainsi ma séance de fango et qu'on me prive du bain à l'ozone.

— Vous avez donc une chambre à l'hôtel Euganei ?

— Une suite où je me repose après le massage et avant d'aller me baigner dans la piscine thermale. Ensuite, je regagne ce palais pour régler les problèmes du jour. Même en période de cure, les affaires n'attendent pas.

— Vous connaissez bien Angelo Bardini, je suppose ?

— Depuis cinq ans, c'est toujours lui qui s'occupe de moi, et je suis très satisfait de ses services. Étant donné sa clientèle, l'hôtel Euganei ne saurait faire appel qu'aux meilleurs professionnels. Bardini est considéré comme une référence dans sa profession. J'ai vaguement entendu dire que le commissaire Gaudeo le soupçonnait et je juge cette attitude parfaitement stupide ! Angelo Bardini est un homme d'une honnêteté exceptionnelle, profondément croyant et incapable d'attenter à la vie d'autrui. Envisager qu'il soit mêlé à un crime est tout à fait ridicule.

— C'est tout de même lui qui a découvert le cadavre de Taintrope après l'avoir enduit de fango.

— Un malheureux concours de circonstances, rien de plus ! Qui n'a jamais été pris dans un enchaînement de faits douteux qui déclenchent les soupçons d'autrui ? Bardini se consacre uniquement à son métier et s'occupe de manière admirable de sa mère. Il n'a vraiment pas le profil d'un assassin !

— Certains profils d'assassin vous surprendraient, monsieur Manaudi.

— Tout de même, Lord Percival, ce n'est pas crédible ! Parlez dix minutes avec Angelo, et vous renoncerez à cette hypothèse insensée !

— Êtes-vous aussi élogieux sur le compte d'Antonella Vescovi ?

— Comme elle ne s'occupait pas de moi, je la connais moins bien qu'Angelo, mais sa réputation est excellente, tout à fait digne de l'hôtel Euganei. C'est une femme déterminée, efficace et très compétente.

— Bardini s'entend-il bien avec elle ?

— Oui, je crois... Dans le couloir du fango, ils ne chôment pas et n'ont guère de loisirs pour bavarder. Chacun fait son travail avec rigueur pour la plus grande satisfaction de la clientèle.

— Pas de problème particulier avec Francisco ?

— Le porteur de seaux de fango ? Non... J'ai une certaine admiration pour ce garçon. Il a une tâche peu gratifiante, mais essentielle, dont il s'acquitte avec une belle conscience professionnelle. Ce ne doit pourtant pas être amusant tous les jours, mais il ne semble jamais las. L'équipe de l'hôtel Euganei est vraiment remarquable, Lord Percival.

— Avez-vous eu des contacts avec les autres curistes présents sur les lieux le matin du drame ?

— Très superficiels.

— Mais encore ?

— De simples formules de politesse.

— N'avez-vous pas remarqué une jeune Anglaise, très belle, aux cheveux châtains ?

— Si, bien sûr...

— Et vous n'avez pas eu envie d'aller au-delà des formules de politesse ?

— Le fango, c'est le fango. Cette jeune personne est très attirante, mais j'ai une vingtaine d'années de plus qu'elle et mon seul objectif, à l'hôtel Euganei, c'est le fango.

— Il y avait également une Française, aux cheveux noirs frisés, qui posait beaucoup de questions aux uns et aux autres.

— Pas à moi, Lord Percival. Et si elle avait osé se montrer aussi impolie, je l'aurais vertement remise à sa place.

— Je suppose que Hans Wachter, un gros bonhomme presque chauve, ne vous a pas inspiré davantage de sympathie ?

Giancarlo Manaudi réfléchit quelques instants.

— Un personnage très bizarre… J'ai eu l'impression qu'il parlait tout seul et j'ai ressenti une sorte de malaise, comme s'il était porteur d'une énergie négative, voire dangereuse. Dans les affaires, je suis souvent mon instinct… Si j'avais eu à traiter avec ce Wachter, j'aurais immédiatement rompu tout contact.

— Vous le verriez bien dans la peau d'un assassin ?

— Ce n'est pas à moi d'en décider.

— Êtes-vous aussi sévère à l'égard de Picky Romsen, un personnage à la belle carrure qui ressemble à Sylvester Stallone ?

— Indifférent. De toute évidence, un personnage grossier et sans culture.

— Renato Cernunisca, un vague sosie de Paul Newman, vous a-t-il paru plus intéressant ?

— Il s'est fait si discret que je ne l'ai pas remarqué.

— Il reste quelqu'un dont nous n'avons pas parlé.

— Qui donc ?

— La victime, Winlock Taintrope.

— Je n'ai rien à en dire.

— Vous êtes un créateur de cosmétiques internationalement connu, monsieur Manaudi, et un brillant homme d'affaires. Les principaux magazines de mode ont publié de longs articles sur vous, et l'on peut dire que vous êtes sous le feu des projecteurs depuis de longues années. Les recherches de vos laboratoires sont axées sur ce que l'on appelle les « principes actifs » pour la peau, à savoir une lutte intense contre le vieillissement.

— Vous êtes bien renseigné, Lord Percival.

— Comme tout un chacun, j'ai entendu parler de cet enjeu fondamental pour l'industrie dans laquelle vous travaillez. Les sommités médicales prédisent un allongement de l'existence, et beaucoup de femmes n'acceptent plus les rides. Le premier laboratoire qui trouvera un produit véritablement efficace fera fortune en créant toute une gamme antivieillissement.

— Un bel enjeu, vous avez raison.

— Surtout, une lutte sévère dans laquelle vous êtes pleinement engagé.

— Je ne le nie pas.

— D'après ce que j'ai lu ici et là, vous êtes même leader dans cette compétition et tout à fait féroce contre vos concurrents.

— C'est la loi du genre, Lord Percival. Dans la jungle du monde moderne, qui ne mange pas est mangé. Ceux qui n'ont pas compris cette règle impitoyable sont condamnés à disparaître. De plus, j'aime me battre et gagner ; c'est pourquoi l'avenir ne me fait pas peur.

— Votre analyse est malheureusement pertinente,

déplora l'Écossais, et la guerre économique permanente fait chaque jour un certain nombre de victimes.

— Ni vous ni moi n'y pouvons rien. Ou bien l'on se bat, ou bien l'on baisse les bras. Et n'oubliez pas que j'emploie un nombre considérable de personnes dont le salaire dépend de ma propre réussite.

— Une réussite qui attire forcément des convoitises…

Giancarlo Manaudi fronça les sourcils.

— C'est également la loi du genre.

— N'y a-t-il pas eu une sorte de tempête sur vos actions en Bourse, ces derniers temps ?

— Ce n'est pas la première fois…

— D'après des renseignements dignes de foi, si.

Pour être sûr de son fait, Lord Percival n'avait pas omis de consulter Dorothea Pettigrew, qui lui avait fourni une synthèse précise sur l'entreprise Manaudi.

— Je ferai face, assura l'Italien.

— Le prédateur qui tentait de vous dévorer était particulièrement coriace.

Giancarlo Manaudi but un peu de champagne.

— De qui voulez-vous parler ?

— De Winlock Taintrope.

26.

— Votre affirmation est complètement gratuite, Lord Percival.

— Vous savez bien que non, monsieur Manaudi. Devant une telle agitation boursière, vous en avez cherché l'origine. Bien entendu, vous l'avez trouvée.

— Ce n'est pas si facile…

— J'en suis conscient. Il vous a fallu remonter de société en société, d'investisseur en investisseur, et tous ces chemins menaient à un seul homme : Winlock Taintrope. Une entreprise de la taille de la vôtre, avec un avenir riant, ne pouvait pas lui échapper. Et il a lancé contre vous un raid particulièrement bien préparé, comme il en a pris l'habitude.

Giancarlo Manaudi se leva lentement, son verre de champagne à la main, et se dirigea vers la cheminée.

L'Italien contempla le feu quelques instants.

— Vous êtes admirablement informé, Lord Percival, et vous devez connaître des financiers de très haut vol. Oui, vous avez raison : Winlock Taintrope avait décidé de s'emparer de ma firme. L'un de mes chimistes lui a vendu des renseignements confidentiels que votre compatriote a jugés fabuleux. Jusqu'à présent, je m'étais contenté d'être un créateur connu et apprécié. Avec cette perspective d'une gamme de produits anti-vieillissement, je passais dans la grande industrie et j'étais beaucoup plus exposé.

— Winlock Taintrope n'est pas seulement venu à Abano pour se faire soigner mais surtout pour vous rencontrer, n'est-ce-pas ?

— Vous en avez la preuve ?

— Non, une simple intuition.

— Merci de votre sincérité... Et vous avez encore raison. Il s'est présenté ici sans rendez-vous et a forcé la porte de ce palais. Jusqu'à présent, et bien que le monde des affaires ne soit pas tendre, je n'avais jamais rencontré une telle brute. Pas la moindre éducation, une agressivité permanente, une cupidité à fleur de peau... J'ai été tellement choqué par le cynisme de Taintrope que mes reparties furent plutôt misérables.

— Vous a-t-il fait des propositions ?

— Taintrope ne proposait pas, il ordonnait. Avec délectation, il m'a longuement expliqué le mécanisme du piège qu'il avait préparé avec soin et auquel, d'après lui, je ne pouvais pas échapper.

— C'est votre avis ?

— Hélas ! oui. Mes conseillers auraient tenté de trouver des parades, mais la tâche s'annonçait très ardue. Avec sa tête de Chinois, ses traits plutôt épais, son large buste triomphant planté sur de courtes jambes, ce type était pire qu'un requin affamé, à l'appétit insatiable.

— Après avoir absorbé votre entreprise, acceptait-il quand même de vous laisser à sa tête ?

— Il voulait m'acheter un bon prix, en effet, pour bénéficier le temps nécessaire de ma bonne image de marque. Puis il m'aurait jeté à la poubelle pour me remplacer par un autre créateur, plus jeune et plus branché, selon une vieille technique bien éprouvée.

Certains patrons naïfs croient qu'ils peuvent demeurer à la tête de leur entreprise tombée entre les mains d'autrui… Comme ils se trompent, les pauvres !

— Combien de temps a duré votre entrevue avec Taintrope ?

— Plus de trois heures… Il parlait sans arrêt, avec une nervosité insupportable, comme s'il voulait se convaincre lui-même de la pertinence de ses propos. Et je ne trouvais que des broutilles à lui opposer. De toute évidence, le groupe que conseillait Taintrope voulait contrôler le marché italien du cosmétique en se servant de ma marque comme produit leader.

— La disparition brutale de Winlock Taintrope modifie-t-elle la situation de manière significative ?

Giancarlo Manaudi fit servir le dessert, auquel il ne toucha pas. Le châtelain se garda d'interrompre sa réflexion, visiblement pénible.

— Oui, la mort de Taintrope est pour moi une sorte de bénédiction. J'ai déjà pris contact avec le groupe industriel qu'il représentait et j'ai eu la chance de pouvoir m'entretenir avec des requins aux dents beaucoup moins acérées que celles de Taintrope.

— Un accord intéressant pour vous serait-il en vue ?

— Étant donné la qualité de vos sources d'information, vous apprendrez très vite la vérité, à moins que vous ne la connaissiez déjà.

— Ce n'est pas le cas.

— Puisque j'ai un coup d'avance, pour une fois, permettez-moi de m'en réjouir, même s'il risque de tourner à mon désavantage. Oui, un accord intéressant pour moi est en train de se conclure. Je perdrai sans doute beaucoup d'argent si le projet se réalise comme prévu, mais je garderai mon nom et ma marque. C'est l'occasion d'acquérir une nouvelle notoriété avec des moyens que je n'osais espérer.

— Vous admettez donc que la disparition de Taintrope est pour vous un heureux événement.

— Difficile de prétendre le contraire.

— On pourrait peut-être aller plus loin, ne croyez-vous pas ?

— Je ne comprends pas, Lord Percival.

— Dans mon métier, monsieur Manaudi, on apprend à se méfier des circonstances qui s'enchaînent de manière trop parfaite. Winlock Taintrope veut vous détruire, il commet l'imprudence de venir vous expliquer sa stratégie mais, par chance pour vous, il se fait assassiner et disparaît de la scène.

— On ne saurait mieux résumer la situation.

— Une autre version des faits ne serait-elle pas envisageable ?

— Laquelle ?

— Vous avez attiré Taintrope dans un piège. Lorsque vous avez compris qu'il était l'organisateur du raid lancé contre vous, vous n'êtes pas resté les bras croisés. Lutter à distance, par opérations de Bourse interposées, vous conduisait à un échec certain. En discutant d'homme à homme avec Winlock Taintrope, vous espériez au moins l'adoucir... À moins que vous n'ayez décidé de le tuer avant même de l'entendre. Ici, à Abano, sur votre terrain, vous ne lui laissiez aucune chance.

Giancarlo Manaudi mit une bûche dans la cheminée.

— Hypothèse séduisante, Lord Percival, mais dépourvue de tout fondement.

— De fondement, non, puisque vous reconnaissez vous-même avoir un mobile sérieux ; c'est la preuve qui me fait défaut.

L'Italien sourit.

— Je me trouvais dans le fango au moment de la mort de Taintrope, souvenez-vous, et je n'en suis pas sorti.

— Si je pouvais démontrer le contraire, vous seriez en grande difficulté.

— Certes, Lord Percival, mais vous ne le pouvez pas.

— Pas pour le moment, je vous le concède. Mais il y a un autre détail qui semble vous accuser.

— Lequel ?

— Vous êtes un créateur de cosmétiques dont un certain nombre ont acquis une grande notoriété, par exemple celui dont le parfum dominant est celui des feuilles de violette froissée.

— C'était mon idée, et j'en suis particulièrement fier.

— Pourquoi avoir laissé de manière aussi évidente votre signature sur le cadavre de Taintrope ?

Manaudi cessa de sourire.

— Où avez-vous été chercher cette folie ?

— On a relevé des traces de crème hydratante à la feuille de violette froissée sur les tempes de Winlock Taintrope.

L'Italien prit un long temps de réflexion.

— Je peux tout expliquer, mais me croirez-vous ?

— Essayez de me convaincre.

— C'est assez difficile à admettre, mais c'est pourtant la vérité. À la fin de notre entretien, qui s'est presque terminé par des injures, je l'ai défié en lui offrant un pot de cette pommade qui est l'un de mes fleurons. Ironique, il l'a accepté en me disant que mes propres produits ne m'appartenaient plus. Un nouvel affront pour moi, alors que je croyais faire une action d'éclat. On ne peut pas toujours gagner... Ce soir-là, soyez-en sûr, je n'avais pas le moral du vainqueur.

Lord Percival se leva à son tour.

— Je vous remercie d'avoir répondu à toutes mes questions, même les plus difficiles, monsieur Manaudi.

— Vous ne me croyez pas, bien entendu.

— Je vous ai écouté avec la plus grande attention et j'ai besoin de peser vos arguments.

— Je vous le répéterai mille fois s'il le faut : je n'ai pas tué Winlock Taintrope, bien que je me réjouisse de sa disparition. Et je ne dois pas être le seul.

27.

Le petit déjeuner proposé par l'hôtel Euganei était digne des *Mille et Une Nuits* et pouvait satisfaire n'importe quel gourmet. Diverses sortes de pain complet, confitures artisanales, jus de fruits frais, céréales variées, omelettes au moment, fromages, croissants au beurre, gâteaux et quelques autres délices redonnaient de l'énergie aux curistes sortis de l'épreuve du fango. Car il était recommandé de se présenter l'estomac léger devant la boue.

— Comment s'est déroulé votre entretien avec Renato Cernunisca ? demanda Lord Percival au superintendant.

— Un torrent de banalités sur les difficultés du commerce international... Ce type est un bavard impénitent qui me tape sur les nerfs. Avez-vous trouvé quelque chose dans sa chambre ?

Lord Percival rendit à Angus Dodson son couteau suisse.

— Des découvertes passionnantes, en effet.

Le châtelain les énuméra, à la grande surprise du superintendant.

— Il va falloir cuisiner ce gaillard-là !

— Nous n'y manquerons pas.

— Et Giancarlo Manaudi ?

Lord Percival relata son affrontement avec l'Italien.

— Manaudi ferait un magnifique coupable, estima Dodson.

— Mais il se trouvait dans la boue au moment du crime.

— N'y a-t-il vraiment aucun moyen d'en sortir sans laisser de traces derrière soi ?

— Continuons à chercher dans cette direction... Nous aurons peut-être de la chance.

Le superintendant but une dernière tasse de café. C'était le meilleur breakfast qu'avait savouré Augus Dodson loin de l'Angleterre.

— Allons surprendre Mlle Menue, proposa Lord Percival. J'ai le sentiment qu'elle a beaucoup de choses à nous dire.

La chambre de la Française se trouvait au premier étage. Les deux enquêteurs croisèrent un couple de curistes qui descendait au couloir du fango.

Dodson frappa.

— J'arrive, j'arrive ! piailla Tendresse Menue, qui se précipita pour ouvrir.

— Ah... mais vous n'êtes pas le petit déjeuner !

— Chef superintendant Angus Dodson de Scotland Yard et Lord Percival Kilvanock.

— Des flics, quelle horreur !

La petite femme aux cheveux noirs frisés tenta de claquer la porte, mais elle ne fut pas assez rapide pour tromper la vigilance de Dodson, qui, en glissant son pied, l'empêcha de réussir.

— Vous n'avez pas le droit de violer mon intimité, cria-t-elle, je suis une femme libre !

Le superintendant lui saisit fermement les poignets et la repoussa à l'intérieur. Lord Percival entra et referma la porte derrière lui.

— N'ayez aucune inquiétude, mademoiselle, dit le châtelain. Nous sommes mandatés pour vous poser quelques questions sur l'assassinat de Winlock Taintrope.

— Commencez par me lâcher, espèce de brute !

— D'accord, si vous vous calmez, rétorqua Dodson.

— Je me calme !

— Je vous lâche.

Tendresse Menue ne portait qu'un long tee-shirt blanc qui lui cachait les genoux. Sur la poitrine, la célèbre photo de Che Guevara. Sur le dos, un portrait de Lénine.

D'un coup d'œil, Lord Percival constata que la chambre de l'hôtel Euganei ne ressemblait guère à un lieu de villégiature. Des appareils photo, un magnétophone, des dossiers éparpillés, des ouvrages consacrés à Marx, Lénine, Trotski et Staline, des tracts de la Ligue mondiale révolutionnaire, des affiches vantant la réussite du modèle cubain.

— Êtes-vous écrivain ? demanda l'Écossais.

— Pouah, quelle horreur ! Un métier pourri, tous des social-traîtres qui ne s'occupent que de leurs nombrils ou qui racontent des histoires à dormir debout pour attraper les gogos. Il n'y a plus aucune vraie littérature révolutionnaire en France. Moi, je fais le plus beau métier du monde quand il est pratiqué comme je le pratique : journaliste. Je traque la vérité partout où elle se cache, je dénonce le grand capital, les patrons, les exploiteurs et la gauche complice de la droite. Et puis d'abord, vous allez décamper ! Qui que vous soyez, vous n'avez pas le droit de m'interroger !

— Détrompez-vous, objecta Dodson, passablement irrité. Si vous refusez, nous vous emmenons au poste et nous vous confions à des collègues beaucoup moins patients que nous.

— Des menaces ?

— Un simple avertissement. Vous choisissez quelle solution ?

Tendresse Menue sauta sur son lit, encombré de paperasse, et s'assit en tailleur.

— Tortionnaires pour tortionnaires, je préfère rester chez moi !

— Pour quel journal travaillez-vous ? demanda Lord Percival.

— Je suis free-lance et je vends mes articles aux journaux de gauche quand ils savent se situer à la vraie gauche. Je fais de la vraie investigation, moi, pas de l'anecdote !

— Vous pourriez nous montrer quelques-uns de vos textes ?

Tendresse Menue parut gênée.

— Dans cette société d'oppresseurs capitalistes, il faut bien vivre ! Pour le moment, je n'ai pas encore publié mon premier grand article, celui qui va faire vaciller les bases de l'édifice et préparer la révolution. Nous envahirons les conseils d'administration, les banques, les usines, les télévisions et nous donnerons le pouvoir au peuple ! Vous me croyez folle, hein ? Vous n'avez sans doute pas entendu parler de la Révolution française, de 1917, de Cuba et de mai 1968 ? Vous, les bourgeois et les flics, vous croyez toujours que c'est impossible ! Et quand nous aurons gagné, vous vous aplatirez à nos pieds comme de braves toutous et vous obéirez bien sagement ! Mais dites donc, vous… Vous êtes un lord, un vrai lord ?

— C'est de famille, mademoiselle.

— On me met la noblesse la plus décadente sur le

dos, c'est une vraie persécution ! Quand nous aurons pris le pouvoir, nous supprimerons tous les lords !

— L'Écosse ne dépend pas de la France.

Ce rappel historique troubla un instant Tendresse Menue.

— Pour le moment, c'est possible... Mais, comme en 1917, la vraie révolution s'étendra au monde entier !

— Tendresse Menue, avança Lord Percival, ce n'est pas votre vrai nom ?

Elle bouda.

— Ça ne vous regarde pas.

— Avec votre photographie et vos empreintes, promit Dodson, nous n'aurons aucune peine à établir votre véritable identité.

— Ça va, ça va... Je m'appelle Adélaïde du Truguet de Saint-Pharizon de Lambescul. D'abord, c'est importable ; ensuite, c'est contre mes idées ! Je me suis choisi un nom à moi ! Tendresse, c'est pour tromper l'adversaire. Lénine a écrit que, pour vaincre le grand capital, il fallait avancer masqué. Pour un exploiteur, Tendresse, il la met dans son lit, mais moi je lui tranche la gorge ! Menue, c'est pour lancer le mouvement. Et puis je n'aime pas les gros... Une vraie révolutionnaire ne va pas s'empiffrer dans les restaurants bourgeois. En restant maigre, on garde sa force.

— Vos parents sont aisés, je suppose ? interrogea le châtelain.

— Ils n'ont jamais rien compris au marxisme ni au nécessaire abandon de la propriété privée... J'ai quitté la maison à quatorze ans et je ne les ai jamais revus. Ma vraie famille, ce sont les cellules révolutionnaires du monde entier.

— Pour survivre, n'auriez-vous pas publié quelques articles dans la presse à scandale ?

— Et alors ?

— Mentir et calomnier, ce n'est pas digne d'une grande journaliste.

— La fin justifie les moyens ! Vous connaissez des journaux qui disent la vérité, vous ? La presse, ce n'est pas fait pour ça, la radio et la télé non plus. Quand nous aurons décroché le pouvoir, nous imposerons la seule vérité qui compte : la nôtre.

— Votre programme a l'avantage de la clarté, reconnut Lord Percival.

On frappa à la porte. Dodson alla ouvrir, prit le plateau qu'apportait un garçon d'étage et le déposa sur le lit de la Française.

Les deux enquêteurs constatèrent que, pour une révolutionnaire, Tendresse Menue avait un bel appétit et la chance d'appartenir à cette catégorie d'heureux élus que rien ne fait grossir.

— Souffrez-vous de rhumatismes ? interrogea Lord Percival.

— Ça ne vous regarde pas.

— Si j'en juge par votre chambre, vous n'êtes pas venue à Abano pour vous reposer.

— C'est mon problème.

— C'est aussi le nôtre, mademoiselle.

— Je ne vois pas pourquoi.

— Un homme a été assassiné, vous semblez l'oublier.

— Je n'y suis pour rien.

— Vous en êtes vraiment sûre ?

28.

La question de Lord Percival perturba Tendresse Menue, qui, un instant, cessa de dévorer un croissant au beurre.

— Qu'est-ce que vous tentez d'insinuer ?

— La situation me paraît assez simple : vous n'êtes pas venue à Abano pour vous soigner ou pour vous détendre, mais pour un scoop qui vous permettrait de vous lancer dans la profession. Étant donné votre idéologie, vous cherchez un certain type de proie. Un capitaliste connu et influent, sur lequel vous auriez des révélations croustillantes à faire. Winlock Taintrope, par exemple.

— Et quand bien même ? Ce ne serait pas un crime !

— Taintrope a été assassiné.

— Justement, il n'y a que moi qui puisse être innocente !

— Expliquez-moi pourquoi, exigea Dodson.

— Facile à comprendre : si ce Taintrope était ma cible, je n'allais pas la détruire !

— Vous reconnaissez donc que vous êtes venue à Abano pour faire un article sur Winlock Taintrope et tenter de dévoiler sa vie privée ?

— Je ne reconnais rien du tout ! Vous posez des

questions malveillantes, je vous démontre que vous vous trompez. Vous vous trompez sans arrêt, d'ailleurs ! Au lieu d'engraisser le système capitaliste, il faut vider les banques et donner tout l'argent au tiers-monde pour qu'il puisse développer de vraies structures marxistes et promouvoir la dictature du prolétariat. Vous n'avez pas honte de manger trois fois par jour ?

— Et vous ?

Des miettes de toast à la crème de marron se coincèrent dans la gorge de Tendresse Menue, qui fut obligée de boire une tasse de café.

Lord Percival s'assit sur le rebord du lit et regarda la Française droit dans les yeux.

— Quelle est la véritable raison de votre présence à Abano, mademoiselle ?

— Vous n'allez pas me lâcher !

— Vous pouvez en être certaine.

— Bon, c'est tout simple... J'étais en panne d'idées et je me suis souvenue que mon père avait séjourné dans cet hôtel et fait la cure pour un problème de cheville. Il m'avait dit que c'était plein de gens importants, ici. Alors, j'ai pensé qu'ils seraient plus accessibles, qu'ils se méfieraient moins que dans leur cadre professionnel et que je pourrais peut-être réussir un gros coup. Au début, j'y ai cru : Giancarlo Manaudi en personne, le roi du cosmétique italien, presque une vedette du show-biz ! Plutôt mon genre d'homme, en plus. Mais j'ai dû déchanter... Complètement inabordable, le bonhomme. J'ai l'œil et l'expérience : si je lui avais posé des questions, il m'aurait retourné une paire de claques ! Un vrai macho, ce type-là, et il doit détester les journalistes ! Et les gens croient qu'on fait un métier facile... J'ai bien tenté de le filer, de dénicher une maîtresse ou un amant, mais j'ai vite renoncé... Trop fatigant. Dommage ! Il aurait fait un beau sujet, et j'aurais pu dénoncer toutes les femmes qui se maquillent avec ses produits qui appauvrissent les plus pauvres et dérident les plus riches.

— Vous-même, vous ne vous maquillez pas ?

La Française repoussa le plateau, sur lequel il ne restait plus rien à manger.

— Jamais ! La révolution doit être naturelle.

— Ne croyez-vous pas que le vieillissement est une véritable révolution ?

— Vous faites de la philosophie, ou quoi ? Moi, j'en ai fait, et de la vraie ! J'ai lu les œuvres complètes de Karl Marx, j'ai étudié la pensée de Lénine, j'ai dépouillé tous les manifestes révolutionnaires du tiers-monde, du quart-monde et même au-delà ! Personne ne relie la notion de vieillesse à celle de révolution. Non mais... Vous n'allez pas me donner des leçons parce que vous êtes lord !

— Dieu m'en garde, mademoiselle. Qui s'occupait de vous, dans le couloir du fango ?

— Une femme, je crois.

— Vous n'en êtes pas sûre ?

— Je n'ai jamais fait attention au personnel... Ces pauvres gens agissent comme des machines, ils sont interchangeables.

— Vous voulez dire qu'un article sur eux n'intéresserait personne.

— Les masses populaires sont trop conditionnées pour pouvoir se révolter de manière structurée ! C'est à nous, les intellectuels, de leur faire prendre conscience de leur aliénation et de leur donner les moyens dialectiques pour analyser leurs tropismes identitaires.

— Il ne vous est jamais venu à l'idée qu'ils aimaient leur métier ?

— Sans importance, et ce n'est pas le problème. Quand l'URSS était correctement dirigée, avec un centralisme démocratique efficace, il n'y avait personne au chômage.

— Au moment du crime, intervint Dodson, où vous trouviez-vous ?

— Je n'en sais rien... À quel moment a-t-il été commis, votre crime ?

— D'après le témoignage de Mme Vescovi, vous vous trouviez dans la cabine 11 et vous attendiez qu'elle vienne vous appliquer le fango.

— De toute façon, c'est vous qui les inventez, les témoignages !

— Ça suffit, mademoiselle !

Tendresse Menue bouda de nouveau.

— Oui, c'est ce que vous avez dit... J'étais en peignoir, j'attendais qu'on vienne s'occuper de moi, il y a eu de l'agitation dans le couloir, et puis l'on m'a demandé de remonter dans ma chambre. J'ai tout de suite compris qu'il venait de se passer quelque chose de grave, j'ai questionné, observé, mais pas moyen d'en savoir plus sur le moment. Et il n'y avait pas que moi qui étais curieuse...

— À qui faites-vous allusion ?

— À un Italien, style Paul Newman, qui n'arrêtait pas d'observer tout un chacun. Au début, j'ai même cru que c'était un collègue.

— Ce n'était pas le cas ?

— Je n'en sais trop rien... Je l'ai questionné, j'ai appris qu'il s'appelait Cernunisca, mais rien de plus. Une vraie anguille, ce type-là. Et il ne venait pas pour la boue, j'en suis sûre. Et s'il n'y avait que lui de louche ! Plus bizarre encore était un gros bonhomme presque chauve qui marmonnait sans cesse, comme s'il récitait une prière.

— Lui avez-vous parlé ?

— J'ai essayé, mais il était complètement enfermé en lui-même, comme si le monde extérieur n'existait pas. Un malade mental, à mon avis. Il n'a répondu à aucune de mes questions... Et ça n'arrive pas souvent, vous pouvez me croire ! J'ai pourtant insisté, car j'ai cru que ce bonhomme jouait la comédie. Mais il était tout à fait naturel, hélas pour lui ! Qu'il soit fou, c'est son problème... Mais pourquoi est-il venu à Abano ? À mon avis, tout cinglé qu'il soit, il avait un objectif précis.

— Assassiner Taintrope, par exemple ?

— Pourquoi pas ?

— Vous ne pensez pas que l'homme plutôt bourru ressemblant à Sylvester Stallone ferait un meilleur candidat ?

— Je ne l'ai pas trop approché, celui-là... Un type dangereux. Le gros bonhomme était passif, mais pas la brute dont vous parlez ! J'ai appris à me méfier de ce genre de gorille... Sûrement un garde du corps ! S'il avait appris que j'étais une journaliste d'investigation, il n'aurait pas hésité à cogner ! Je lui aurais fait un procès et on l'aurait envoyé derrière les barreaux, mais moi j'aurais gardé des marques ! Dans ces circonstances, une seule stratégie : la prudence. Quand on prépare la révolution, il faut savoir économiser ses forces et ne pas partir dans toutes les directions.

— Aucun contact avec lui, par conséquent ?

— Je n'ai pas été assez claire ? On vous prendrait pour un rédacteur en chef, pas pour un lord ! Il vous faut des heures pour comprendre, et encore, on ne peut pas jurer que vous avez bien enregistré.

Tendresse Menue tendit la main vers la table de nuit et prit un stylo plaqué or.

— Donnez-moi une feuille de papier. Il faut que je

note vos questions, sinon, je vais me faire piéger comme une idiote.

Lord Percival dénicha une feuille vierge.

— Vous écrivez toujours avec un stylo à encre ?

— Pas du tout ! C'est un stylo-mine, le plus performant du marché. Je n'aime que les mines ultrafines qui glissent sur le papier et vous laissent le poignet souple.

— À l'époque des micro-ordinateurs, n'est-ce pas un peu… archaïque ?

— Je sais me servir d'un ordinateur mieux que vous, mais l'un n'empêche pas l'autre ! Savoir être de son temps n'empêche pas de respecter les traditions.

— Ce n'est pas très révolutionnaire.

— Ce n'est quand même pas vous qui allez discerner ce qui est révolutionnaire de ce qui ne l'est pas !

— Une question s'impose, ne croyez-vous pas ?

La jeune femme se glissa dans ses draps, comme si elle avait froid.

— Ah oui… Laquelle ?

— Depuis combien de temps vous intéressez-vous à Winlock Taintrope ?

29.

Tendresse Menue soutint le regard de Lord Percival.

— Si je vous affirme que j'ai croisé par hasard le chemin de Taintrope, vous me croirez ?

— Non, mademoiselle.

La Française baissa les yeux.

— D'accord, je n'insiste pas... Entendu, j'avais bien choisi Taintrope comme cible.

— Pour quelle raison ?

— Un article sur lui, dans une revue d'économie politique. On le présentait comme l'un des plus grands prédateurs du système capitaliste. Impitoyable, hypercompétent, dépourvu de tout sentiment, uniquement amoureux de l'argent... Bref, un véritable Attila de la finance moderne ! Et pas un mot sur sa vie privée... C'est ce silence qui m'a attirée. Derrière ce rideau de fer, il y avait peut-être des informations intéressantes. Un grand financier pervers et détraqué, ça pouvait faire une belle une, non ?

— Mais l'était-il vraiment ? demanda Angus Dodson.

— Je n'ai pas eu le temps de le savoir, mais j'en suis persuadée. Un capitaliste comme celui-là ne peut être qu'un monstre.

— Comment avez-vous su qu'il séjournait à Abano ?

— Je l'ignorais... Mais le retrouver ici ne fut qu'une demi-surprise.

— Pourriez-vous être plus explicite ?

— C'est sa maîtresse que j'ai suivie, pas lui. Il ne s'affichait pas beaucoup avec elle, mais suffisamment pour ne pas avoir échappé à un excellent paparazzo qui a bien voulu me renseigner et me donner son adresse. Elle m'a amenée jusqu'ici, et je suis retombée sur Taintrope. Fabuleux, non ? Avec un début aussi prometteur, je m'attendais à beaucoup mieux... mais pas à un meurtre !

— Cette maîtresse, précisa Lord Percival, c'est bien Ruth Mainlay ?

— Eh oui ! Elle, vingt-trois ans ; lui, soixante-deux ans. Un sacré écart, non ? La morale bourgeoise doit être rejetée, mais ce genre de situation ne m'enthousiasme pas. La révéler au grand public aurait pu abîmer l'image de marque de Taintrope, encore que... ç'aurait pu être le contraire ! Les gens adorent les histoires d'amour entre les vieux croûtons et les jeunes intrigantes, surtout quand ils font des enfants. Tiens, ça pourrait faire un super article...

La Française commença à griffonner quelques phrases.

— Ah, saleté ! Cette mine vient encore de casser... C'est l'inconvénient, quand elles sont très fines, mais je ne les aime pas autrement.

— Vous avez donc espionné Ruth Mainlay, s'étonna Dodson.

— Je n'ai fait que mon métier !

— Et quels furent les résultats de cette filature ?

— Dites donc, vous... Je ne vais quand même pas collaborer avec la police !

— Je vous conseille vivement de ne rien dissimuler, mademoiselle.

La stature de Falstaff du chef superintendant et sa mauvaise humeur apparente ne laissèrent pas Tendresse Menue indifférente. Elle avait voulu épater les deux enquêteurs, elle avait réussi, mais elle devait à présent payer le prix de sa victoire.

— À mon avis, ça n'allait pas très fort entre Taintrope et sa jeune maîtresse. D'abord, ils ne sont pas arrivés ensemble.

— Souci de discrétion.

— Si vous voulez... Ensuite, ils n'ont pas pris la même chambre.

— Toujours le même souci de discrétion.

— C'est déjà moins vraisemblable... Au moins, ils auraient pu réserver des suites voisines, avec une porte de communication. Or ils ne logeaient pas au même étage ! Invraisemblable, si leur entente était parfaite.

— C'est quand même un peu mince pour conclure à une brouille...

— J'ai mieux, beaucoup mieux... Je me suis mise en faction toute une nuit près de la chambre de Ruth Mainlay. Elle n'en est pas sortie pour rejoindre Taintrope, qui venait pourtant d'arriver !

— Bizarre, concéda Dodson.

— Et un dernier détail : à la salle à manger, ils n'ont pas dîné ensemble ! J'ai même eu l'impression que, d'un regard, Taintrope a fait comprendre à sa maîtresse qu'elle était indésirable. Alors, tout s'éclaire !

— De quelle manière ?

— Taintrope avait confié à Ruth Mainlay qu'il allait faire une cure à Abano. À ce moment, tout allait bien entre eux. Puis quelque chose a déraillé, mais la demoiselle s'est accrochée, et elle est quand même venue à Abano, avec l'espoir de reconquérir son homme d'affaires. De toute évidence, échec complet.

— La soupçonneriez-vous de meurtre ? demanda Lord Percival.

— Dans un papier spectaculaire, sans aucun doute ! Elle a le meilleur des mobiles : une jeune femme bafouée et délaissée se venge de son amant en le traînant dans la boue capitaliste d'où il n'était jamais sorti. Au fond, Ruth a eu raison. Elle a débarrassé la planète d'un exploiteur qui ne méritait pas de vivre. Je dénoncerai Ruth Mainlay, mais je défendrai sa cause avec l'appui de toutes les femmes opprimées !

— Vous avez fait du bon travail, mademoiselle.

Tendresse Menue fut stupéfaite.

— Vous... Vous me félicitez, moi ?

— Pourquoi ne pas reconnaître vos mérites ?

— Alors, vous allez arrêter Ruth ?

— Nous allons poursuivre l'enquête en tenant compte de ces éléments nouveaux.

— Je vous préviens, moi, je n'attendrai pas plus longtemps ! Je tiens un article tonitruant et je me moque complètement de la vérité policière ! Il faut que Ruth Mainlay soit la coupable et elle le sera. Après, on aura le temps de discuter. Personne, pas même vous, ne m'enlèvera mon scoop.

— J'en suis conscient, mademoiselle. La lutte avec vos confrères italiens menace d'être rude.

— Quoi, mes confrères ?

— Nous ne pouvons plus les retenir... Eux aussi ont des hypothèses passionnantes à formuler, et leurs articles ne vont pas tarder à fleurir.

Tendresse Menue bondit hors de ses draps.

— Ils n'ont pas le droit, c'est mon affaire, pas la leur ! Sortez d'ici, messieurs, et tout de suite ! Il faut que je rédige ma prose, et dare-dare.

Le rapport de la police italienne à la main, Angus Dodson et Lord Percival passèrent un long moment à examiner la chambre de Winlock Taintrope. Leurs collègues avaient fort bien travaillé, aucun détail n'avait été omis.

Costumes classiques, chemises de bonne qualité, cravates indémodables, nécessaire de toilette d'un businessman habitué à voyager, dossiers peu épais mais précis ne comportant que des colonnes de chiffres, carnet d'adresses exclusivement financières où ne figurait pas le nom de Ruth Mainlay..., le dernier endroit où avait vécu Taintrope n'offrit aucune information intéressante aux deux policiers. Aucun indice ne reliait la victime à l'un ou l'autre des suspects.

— Cette journaliste est peut-être folle, avança Dodson, mais si elle n'a pas raconté n'importe quoi...

— Nous devons reprendre certains interrogatoires sur d'autres bases, superintendant. Les témoins ont eu trop de trous de mémoire. Je vais me changer rapidement... Retrouvons-nous dans le hall, voulez-vous ?

Lord Percival évita l'ascenseur. Monter un escalier entretenait la forme et stimulait la réflexion.

Dès qu'il ouvrit la porte de sa chambre, il perçut quelque chose d'anormal. Habitué à parcourir la lande en compagnie d'Abercrombie, il avait appris à pressentir la moindre présence et à demeurer sur le qui-vive.

Une odeur étrange, inhabituelle, qui ne lui était pas complètement inconnue. Rien à voir avec un parfum, une senteur forte, dont il ne pouvait dire si elle était désagréable ou presque attirante, en raison de son caractère insolite.

Tentant d'en repérer la source, il progressa lentement dans l'entrée et ouvrit brusquement les placards.

Personne.

Le châtelain avança vers le lit. Oui, c'était bien de là que provenait l'odeur. Il lui sembla même que le drap fumait un peu.

Soulevant le drap, Lord Percival découvrit une boule de fango, noire et brûlante.

30.

Angus Dodson était enthousiaste.

— Je viens d'avoir le Yard, Lord Percival ! Mes petits gars ont magnifiquement travaillé. Certains suspects ont vraiment eu de gigantesques trous de mémoire, et il va falloir qu'ils nous expliquent pourquoi !

— On a déposé une boule de fango dans mon lit, révéla l'Écossais.

Le chef superintendant fut troublé.

— Un avertissement ?

— Peut-être...

— L'assassin vous prévient que, si vous continuez l'enquête, vous finirez comme Taintrope ! Autrement dit, n'allez pas plus loin.

— Il ne connaît donc ni l'Écosse ni les Kilvanock. Êtes-vous d'accord pour commencer par l'aimable Renato Cernunisca ?

Les deux enquêteurs interceptèrent l'Italien alors que, vêtu d'un peignoir de l'hôtel Euganei, il se rendait à la piscine thermale.

— Accepteriez-vous un chocolat chaud ? proposa le châtelain. C'est une spécialité de la maison.

Les yeux marron foncé de Renato Cernunisca se mirent en mouvement, comme s'ils cherchaient un piège.

— C'est fort aimable, mais je comptais me détendre un peu dans le Jacuzzi, et...

— On nous a servis dans un petit salon tout à fait tranquille où nous serons heureux de bavarder avec vous.

— Vous... vous en êtes sûr ?

— Au plus haut point, monsieur Cernunisca.

— Ce ne peut pas être à propos du meurtre, puisque je suis innocent, n'est-ce pas ?

— Dégustons ce chocolat chaud.

Le petit salon, aux fauteuils confortables, était décoré de gravures anciennes représentant les curistes des temps passés, depuis l'époque romaine jusqu'au XIXe siècle.

Les trois hommes s'assirent. Cernunisca était très nerveux.

— Depuis notre premier entretien, vous avez eu le temps de réfléchir.

— Oh, vous savez, je me suis surtout laissé vivre... Pendant une cure comme celle-là, on essaie de se vider l'esprit.

— Le superintendant et moi-même nous demandions si vous n'aviez pas oublié de nous parler de quelques aspects importants de votre existence.

— Sûrement pas... Je suis un homme tout simple.

— Ne pourrait-on pas préciser un peu mieux la nature exacte de vos activités ?

— Pour des profanes, c'est difficile à expliquer...

— Nous redoublerons d'attention.

— Je veux dire que... c'est sans grand intérêt.

— Au contraire, monsieur Cernunisca, ce doit être passionnant.

— J'achète, je vends... C'est toujours un peu la même chose.

— Nous allons vous aider à y voir plus clair, proposa Lord Percival. Je dois d'abord vous avouer que j'ai visité votre chambre.

Renato Cernunisca pâlit.

— Mais c'est... illégal !

— En effet, mais les résultats valent la peine d'être examinés.

— Juridiquement, vous ne pourrez rien retenir contre moi !

— Tentons d'abord de comprendre qui vous êtes vraiment, monsieur Cernunisca. J'ai rarement vu une trousse d'outils miniaturisés aussi complète et aussi parfaite. À quoi vous sert-elle ?

Pour se donner le temps de réfléchir, l'Italien but une gorgée de chocolat chaud, mais il était trop préoccupé pour en apprécier l'exceptionnelle saveür

— J'ai toujours aimé le bricolage.

— Même quand vous résidez dans un hôtel ?

— Il y a toujours un petit quelque chose à réparer, même dans les meilleures chambres. Je gagne du temps en m'en occupant moi-même.

— À quoi vous sert le carré de plastique finement découpé ?

— À caler un pied de table, par exemple.

— Et les films de radios dentaires ?

— À tout et à rien... Dans le bricolage, il faut s'attendre à d'innombrables surprises.

— Vous dessinez beaucoup, monsieur Cernunisca.

— C'est une saine distraction, en effet.

— Mais pourquoi dessinez-vous des plans ?

— Oh, je pense à refaire mon appartement et j'ai plusieurs idées. Pour le moment, je n'ai pas encore choisi. C'est une décision importante, je préfère prendre mon temps.

— Vous êtes très mal tombé, assena le superintendant.

— Pardon ?

— Vous êtes très mal tombé, Cernunisca, parce que je connais tous vos trucs.

— Superintendant, je ne...

— Vous avez assez menti comme ça !

Terrorisé par la masse physique du policier anglais, l'Italien se cala au fond de son fauteuil, comme s'il pouvait s'y incruster et disparaître.

— Votre carré de plastique découpé est une des astuces les plus simples et les plus efficaces pour forcer une serrure sans laisser de traces d'effraction. Et comme vous vous adaptez aux progrès techniques, vous utilisez une carte à puce et des films de radios dentaires pour démagnétiser les serrures magnétiques des portes que certains hôteliers ont adoptées, en se croyant définitivement à l'abri du vol. Quant à vos outils miniaturisés, inutile d'en préciser la destination.

Renato Cernunisca était tétanisé.

— Vous êtes donc ce qu'il convient d'appeler un rat d'hôtel, reprit Lord Percival. Vous vous installez quelque temps dans un établissement de luxe, vous étudiez les habitudes du personnel et de la clientèle, et vous choisissez vos proies. Les plans que vous avez dessinés sont ceux de certaines chambres de l'hôtel Euganei, et pas n'importe lesquelles : celles de Ruth Mainlay, de Tendresse Menue, de Picky Romsen et de Hans Wachter, autrement dit, des curistes qui fréquentaient le couloir du fango au même moment que vous. Vous les observiez à loisir avant de passer à l'action. Mais pourquoi faire des plans au lieu de cambrioler directement ? En pénétrant deux fois dans les chambres, vous preniez le double de risques.

— Je suis un perfectionniste, confessa Renato Cernunisca à voix basse. J'aime étudier la disposition d'une chambre par rapport aux autres et me préparer un itinéraire précis pour agir vite et bien.

— Pourquoi manque-t-il la chambre de Giancarlo Manaudi ?

— Parce que c'est Giancarlo Manaudi, justement. Je ne m'attaque pas à ce genre de poisson-là. Beaucoup trop gros et trop rancunier pour moi... Malgré toutes mes précautions, il finirait par me retrouver. Alors, pas question de le voler.

— Les autres vous paraissaient donc à votre portée ?

— Tous des étrangers qui n'auraient pas l'idée d'accuser un autre curiste et seraient largement dédommagés par l'hôtel, qui tient avant tout à son excellente réputation... Un coup tout en douceur, comme j'en ai l'habitude.

— Comme vous en avez l'habitude, dit Dodson avec une gourmandise certaine dans la voix.

Renato Cernunisca porta la main à sa bouche pour s'empêcher d'en dire davantage.

— La liste de vos exploits doit être passionnante, poursuivit le superintendant. Dans quels hôtels avez-vous exercé vos talents ?

— Je ne suis qu'un amateur, je...

— Vous êtes un professionnel aguerri et, jusqu'à présent, vous avez réussi à échapper à la police. Une belle performance, monsieur Cernunisca, un exploit suffisamment remarquable pour mériter de longues explications.

— Ne croyez pas ça, vous seriez très déçu... En réalité, j'ai eu beaucoup de chance. Et puis je n'ai pas beaucoup de besoins... Un hôtel par-ci, par-là, et je m'arrête un long moment. En fin de compte, je ne suis qu'un tout petit rat d'hôtel qui ne cherche nullement à battre des records.

— Le commissaire Gaudeo saura vous faire parler d'abondance, promit Angus Dodson.

Renato Cernunisca parut franchement inquiet.

— Vous ne pourriez pas me protéger un peu ? J'ai entendu dire que les Anglais étaient très pointilleux sur les droits de l'accusé.

— Il faudrait nous aider davantage, monsieur Cernunisca.

— De quelle manière ?

— En nous parlant de la chevalière en or.

31.

Renato Cernunisca marqua le coup.

— Un objet sans importance…

— Trouvez mieux, recommanda Angus Dodson.

— Vous avez eu une réaction particulièrement bizarre quand Angelo Bardini vous a demandé d'ôter cette chevalière, rappela Lord Percival.

— Je vous ai expliqué qu'il s'agissait d'un bijou de famille et…

— Je n'en crois rien, monsieur Cernunisca. En réalité, il s'agissait d'un bijou volé et sans doute de votre premier exploit à l'hôtel Euganei. D'après une étude célèbre de Lloyd Crainwall, les rats d'hôtel commettent souvent l'imprudence d'afficher leurs exploits d'une manière ou d'une autre. Comme beaucoup de gens, ils ont besoin de faire reconnaître leur talent ; c'est pourquoi ils prennent le risque de montrer au grand jour un bel objet qu'ils ont volé.

— Bon, je le reconnais, cette chevalière n'est pas tout à fait un objet de famille, mais…

— À qui appartenait-elle ?

— Je ne me souviens plus, Lord Percival.

— Faites un effort.

— Non, je ne me souviens vraiment plus…

— N'auriez-vous pas volé cette chevalière dans la chambre de Winlock Taintrope ?

Renato Cernunisca s'étrangla.

— Vous croyez que j'aurais pu…

— J'en suis certain.

— Si vous le dites, Lord Percival…

— Puisque vous avez dérobé cet objet, vous vous intéressiez de très près à Winlock Taintrope. Que lui avez-vous volé d'autre ?

— Rien… Sa chambre était celle d'un homme d'affaires, sans intérêt pour moi. Et cette vieille chevalière, il ne devait pas la porter souvent. Peut-être même ne se serait-il pas aperçu de sa disparition. Au fond, un incident sans importance.

— On pourrait voir les choses autrement, estima Dodson. À la suite de cet incident qui n'était pas sans importance, Winlock Taintrope apprendrait tôt ou tard que vous lui aviez volé sa chevalière. Pour vous, il devenait une terrible menace. Si terrible qu'il ne vous restait qu'une seule solution : le supprimer.

Renato Cernunisca s'accrocha aux accoudoirs de son fauteuil.

— Mais non, superintendant, mais non… Vous ne pouvez pas imaginer une pareille horreur ! Je suis un voleur, un tout petit voleur, pas un assassin !

— Vous n'êtes pas très convaincant.

— Mais si, je le suis ! Et je peux vous donner une preuve de mon innocence.

— Nous vous écoutons.

— Dans mon métier, on est superstitieux, très superstitieux. Tous ceux qui n'ont pas respecté les mauvais signes se sont retrouvés en prison ! Et la nuit qui a précédé la mort de Taintrope m'a fourni un énorme signe : la pleine lune. Le jour qui suit la pleine lune, je me tiens toujours tranquille. Pas question de prendre la moindre initiative.

— Un peu mince, comme preuve.

— Mais non, je vous assure, il n'y a rien de plus sérieux ! Jamais un vrai voleur ne néglige le message de la pleine lune ; sinon, il perd la main et la tête.

— Il n'en reste pas moins que Winlock Taintrope aurait fini par vous identifier et vous dénoncer.

— Peut-être pas, superintendant.

— Vous n'avez rien d'autre à nous dire, Cernunisca ?

— J'aimerais bien trouver un argument pour vous convaincre de mon innocence, mais je suis à sec !

— Agissez-vous seul ou avec des complices ? interrogea Lord Percival.

La question scandalisa l'Italien.

— Seul, bien entendu ! Un complice, c'est la certitude d'être dénoncé... Seuls les voleurs de troisième zone forment de minables petites bandes.

— Aucun des curistes ne vous a proposé ses services ?

— Aucun.

— Et aucun d'eux ne vous a sollicité pour utiliser vos compétences ?

— Non... bien sûr que non.

— Ne travaillez-vous jamais sur commande ?

— Jamais ! C'est moi qui choisis mes objectifs, et personne d'autre.

— Vous ne faites pas facilement confiance, monsieur Cernunisca.

— C'est un gage de longévité, Lord Percival. Je croyais qu'il me mettrait à l'abri d'un accroc, mais j'ai eu de la malchance... Pourquoi ce Taintrope est-il venu mourir sur mon lieu de travail ?

— N'aviez-vous pas rendez-vous avec lui ?

— Pas du tout ! Je l'ai vu pour la première fois à l'hôtel Euganei, je lui ai volé une jolie chevalière et je me retrouve dans le pétrin à cause de sa mort ! Voilà l'unique vérité.

— Vous êtes très observateur, n'est-il pas vrai ?

— Dans mon job, Lord Percival, c'est préférable.

— Si vous n'êtes pas l'assassin, comment se fait-il que vous n'ayez rien remarqué de bizarre dans le comportement de l'un ou l'autre des curistes ?

— Je les observais pour les voler, pas comme un policier pistant un éventuel assassin !

— Vous n'avez donc aucune accusation précise à formuler ?

— Aucune, et je le regrette... Mais ça me donne une idée. Si vous me laissez en liberté, au moins à l'intérieur de l'hôtel, je pourrai peut-être me rendre utile et découvrir quelque chose d'intéressant.

— N'en profiterez-vous pas pour vous enfuir ? suggéra Dodson.

— Ce serait un comportement stupide qui ne me mènerait nulle part... Étant donné ma situation, j'ai intérêt à coopérer activement.

— Prenez un peu de repos à la piscine, recommanda Lord Percival, et mettez-vous au travail, monsieur Cernunisca.

L'Italien opina du chef, se leva et sortit du petit salon.

— Drôle de bonhomme, jugea le superintendant. Tantôt je le crois sincère, tantôt je le prends pour le pire des menteurs. En tout cas, il est sûrement plus habile qu'il n'en a l'air, et je le crois tout à fait capable de nous fausser compagnie.

— S'il est aussi intelligent que vous le supposez, mon cher Dodson, il nous orientera plutôt vers une fausse piste qui nous éloignera de lui.

— Je suis obligé de faire un rapport circonstancié au commissaire Gaudeo.

— Demandez-lui surtout s'il a bien placé un ou deux policiers parmi les curistes qui se reposent à la piscine. Qu'ils ne perdent pas de vue Cernunisca.

— Je m'en occupe immédiatement.

Pendant que le chef superintendant s'acquittait de sa mission, Lord Percival téléphona à Lonecastle pour prendre des nouvelles d'Abercrombie. En l'absence de son maître, le robuste chien noir avait tendance à la neurasthénie, et il fallait tout le talent du majordome gallois, Nestor Pwryctswll, pour sauvegarder son appétit en lui mijotant des plats à la fois consistants et équilibrés.

Le majordome se montra rassurant. Avec la plus grande discrétion, Lady Ophelia accompagnait Abercrombie lors de ses promenades dans la lande et lui parlait de manière suffisamment douce pour préserver son optimisme et sa joie de vivre.

Apaisé, l'Écossais vit revenir un superintendant plutôt satisfait.

— Notre collègue italien est très content de nous, déclara-t-il. Ce rat d'hôtel était recherché depuis plus de deux ans, il avait opéré dans plusieurs grands hôtels, à Naples, à Rome et à Milan. Évidemment, il changeait de nom et d'apparence, et savait toujours s'éclipser avant que l'étau ne se resserre sur lui.

— Notre stratégie lui convient-elle ?

— Il la trouve un peu osée, mais vu notre succès il accepte. Je crois qu'il est temps d'avoir une discussion approfondie avec Picky Romsen... Face aux informations fournies par le Yard, il devrait exploser !

— L'homme est violent, ne l'oublions pas.

Les deux enquêteurs montèrent jusqu'à la chambre du suspect. Dodson frappa, Romsen ne tarda pas à lui ouvrir.

— Ah, c'est vous… Qu'est-ce que vous voulez encore ?

— Il reste quelques points délicats à éclaircir, répondit le superintendant.

— Vous les éclaircirez sans moi. Je suis en train de boucler mes valises.

— Seriez-vous pressé de partir ?

— Je fais ce que j'ai à faire. Maintenant, décampez !

— Désolé de vous décevoir, Romsen. Vous allez répondre à nos questions.

— Pour quel motif serais-je obligé de vous obéir ?

— Parce que vous êtes un menteur.

32.

Le sosie de Sylvester Stallone prit très mal l'accusation du superintendant et leva le poing.

— Du calme, Romsen. Vous ne m'impressionnez pas. Rien que pour ce geste menaçant, je peux vous faire boucler sur l'heure.

Face à Dodson, Picky Romsen sentit qu'il ne faisait pas le poids.

— Bon, ça va, mais cessez de me provoquer.

— Ne croyez-vous pas que c'est vous-même qui n'avez cessé de nous provoquer ? demanda Lord Percival.

— Écoutez, je ne connais rien à cette histoire, je n'y suis pas du tout mêlé et je rentre chez moi.

Dodson se plaça entre Romsen et sa valise.

— Justement, Scotland Yard vient de nous fournir des renseignements sur votre domicile.

— Vous avez enquêté sur moi ?

— Et nous ne le regrettons pas.

— Laissez-moi partir... Vous n'avez aucune preuve contre moi !

— Pour le moment, asseyez-vous !

Le ton du chef superintendant ne souffrait pas de réplique. À contrecœur, Picky Romsen se laissa tomber dans un fauteuil aux pieds galbés.

— Vous vous appelez bien Picky Romsen, vous habitez bien à Londres, vous possédez effectivement un chalet en Norvège et vous êtes bien célibataire, précisa Angus Dodson.

— Alors... Vous voyez bien que j'ai dit la vérité !

— Sauf sur un point capital : votre profession.

— On a tous des petits secrets... Moi, je n'aime pas m'étaler.

— Vous n'êtes pas rentier, Romsen.

— On est tous appelés à le devenir un jour... Remarquez, les jeunes toucheront des retraites tellement minables qu'il va falloir travailler de plus en plus et de plus en plus longtemps, sauf pour les fonctionnaires. Ceux-là, ce sont les rois. Ils ont tous les avantages et encore, ils se plaignent !

— Quel est votre métier ? interrogea Lord Percival.

— J'ai pas mal roulé ma bosse et...

— Cessez de mentir ! ordonna Angus Dodson. Après de solides études à Eton, vous êtes devenu chimiste et vous avez travaillé pour diverses firmes industrielles.

— Entendu, mais ce n'est pas un délit...

— Parlez-nous du contrat que vous avez signé il y a un an.

— Sans intérêt.

— Je vais combler votre trou de mémoire : vous avez été engagé par la firme Kosmat dont le siège social se trouve à Londres.

— Oui, je m'en souviens... Ça ne m'a pas plu, j'ai démissionné.

— Quel était l'objectif majeur de cette firme ?

— Plutôt vague...

— Pas du tout, Romsen ! Kosmat avait pour but d'étudier les principales sociétés de production dans le monde pour en prendre progressivement le contrôle.

Tout en gardant diverses marques, elle se serait ainsi assuré un véritable monopole.

— Ce genre de combines m'échappe... Moi, je ne suis qu'un technicien.

— Vous avez quand même rencontré le patron de cette société.

— Possible... J'ai oublié.

— Vous avez également oublié son nom ?

— Pourquoi remuer ces vieux trucs ? Le passé, c'est le passé.

— Le patron de Kosmat s'appelait Winlock Taintrope. D'après sa secrétaire, il vous a invité une semaine aux Bahamas pour vous exposer sa stratégie et faire de vous son bras droit.

Les épaules voûtées, Picky Romsen se leva, ouvrit le minibar, se servit un whisky et s'affala de nouveau dans son fauteuil.

— Bon, cessons de tourner autour du pot... Tout ça, c'est vrai.

— Que vous a proposé Taintrope ? demanda Lord Percival.

— Ce type-là, il était pire que le pire des requins. À lui seul, il aurait avalé le *Titanic* ! Sa seule obsession, c'était l'argent. Il voulait manger des sociétés comme d'autres ont envie de se goinfrer au restaurant. Il venait d'avoir une lubie : les cosmétiques. Pour lui, il y avait beaucoup trop d'amateurs et de petites sociétés sur ce marché-là, alors que les perspectives d'avenir s'annonçaient formidables. Kosmat était conçue comme une cellule financière d'assaut, un véritable commando destiné à s'emparer des principaux producteurs de cosmétiques.

— Mais vous n'êtes pas un spécialiste de la finance.

— Non, mais je m'y connais plutôt bien en cosmétiques, produits de beauté et crèmes diverses pour la peau. J'ai participé à la création d'une bonne dizaine de produits très rentables, ces dernières années.

— Kosmat voulait-elle avoir sa propre ligne de soins ?

— Non, aucun intérêt. Au contraire, Kosmat devait rester dans l'ombre.

— Nous en revenons donc au même point : qu'attendait de vous Winlock Taintrope ?

Le chimiste se renfrogna.

— Désolé, messieurs : secret professionnel. Si je parlais, ma carrière serait foutue.

— Si vous êtes accusé de meurtre sur la personne de Winlock Taintrope, elle le sera également. À partir de votre silence, nous pouvons imaginer n'importe quoi.

Picky Romsen pesa le pour et le contre.

— Si je vous dis la vérité, vous me laissez partir ?

— Pas avant d'avoir conclu l'enquête.

— Hmm... Je suis un peu coincé, non ?

— À vous d'apprécier la situation.

Romsen réfléchit quelques instants.

— Ce que je vais vous révéler n'est peut-être pas très glorieux mais, au moins, ça vous prouvera mon honnêteté. J'étais un peu sur la touche quand Taintrope a fait appel à moi, et il a joué le grand jeu : les Bahamas, un hôtel de luxe, un lit garni et un chèque comme je n'en avais jamais vu... Étant donné son caractère, il s'est même montré aimable.

— Il avait donc vraiment besoin de vous, suggéra Lord Percival.

— On peut le dire... Au début, j'ai cru qu'il ne cherchait que mes compétences, mais j'ai peu à peu compris que le coup était beaucoup plus tordu. Il faut vous dire que Taintrope avait deux visages. Le premier était celui d'un homme d'affaires très autoritaire, voire violent, dont personne ne pouvait discuter les ordres ; le deuxième était celui d'un type plutôt chaleureux, enthousiaste, qui voulait vous associer à ses projets et vous traiter comme un partenaire, non comme un employé. Une sorte de patron protecteur, paternaliste et amical. La ruse a souvent fonctionné, paraît-il ; et quand vous étiez tombé dans ses filets le ton changeait brusquement. Vous deviez obéir au doigt et à l'œil, sous peine de mesures de rétorsion. Taintrope n'hésitait pas à utiliser la menace, la calomnie et le chantage. Pour lui, les hommes n'étaient que des pions sur un échiquier dont il avait la maîtrise. Un salaud et un hypocrite, voilà ce qu'était Winlock Taintrope. Et même pire : un salaud et un hypocrite jamais satisfait, qui n'en avait jamais assez et prenait du plaisir à détruire ce que les autres avaient construit.

— Sa disparition ne vous chagrine pas, semble-t-il.

— C'est la meilleure nouvelle depuis bien longtemps ! Dans le monde entier, des tas de gens vont pousser un ouf ! de soulagement et ouvrir une bouteille de champagne. Quand une crapule de cette envergure va au diable, on devrait faire la fête.

— Si nous revenions à votre séjour aux Bahamas ?

— Je vous conseille l'endroit, Lord Percival, c'est vraiment magnifique. J'ai mangé comme quatre, bu des cocktails inimaginables et passé des heures dans la piscine… Comme la fille qui garnissait mon lit n'était pas farouche, on n'a pas fait que parler de notre enfance, si vous voyez ce que je veux dire…

Le regard sévère du chef superintendant dissuada Romsen de s'engager plus avant dans cette voie.

— Bon, revenons donc à ce qui vous intéresse. Lors d'un dîner somptueux, Taintrope a craché le morceau. Avec sa saloperie de société financière, il avait déjà cassé les reins de pas mal d'entreprises de cosmétiques assez performantes, mais mal structurées. Grâce à son génie pervers, il savait comme personne déceler les failles pour porter ses attaques. Et quand on le voyait apparaître dans le paysage, c'était trop tard. Taintrope avait un plan précis pour conquérir l'Europe : raids ultrarapides, corruption de dirigeants qu'il jetterait à la poubelle après les avoir utilisés, fausses rumeurs... Bref, du classique. Tout marchait pour le mieux, jusqu'à ce qu'il tombe sur un os. Et c'est à cause de lui qu'il a fait appel à moi.

— De quelle difficulté s'agissait-il ?

— De Giancarlo Manaudi.

33.

— Si je comprends bien, dit Lord Percival, Taintrope a désigné clairement Giancarlo Manaudi comme son principal adversaire.

— Vu ce qu'il m'a demandé, avoua Picky Romsen, il ne pouvait pas faire autrement... J'avais déjà entendu parler de coups tordus dans le métier, mais comme celui-là, jamais ! Taintrope avait vraiment poussé le bouchon au maximum.

— En quoi consistait-il, ce bouchon ?

— Taintrope avait eu l'occasion de rencontrer Giancarlo Manaudi, qu'il considérait comme une sorte d'artiste sans cervelle, facile à manipuler. Cette fois, il s'était trompé ou on l'avait mal renseigné. L'Italien lui a ri au nez et il lui a juré que ni Taintrope ni personne d'autre ne parviendrait à contrôler son entreprise de cosmétiques. Inutile de vous préciser que Winlock Taintrope s'est senti gravement insulté ! Manaudi est devenu son gibier prioritaire, celui qu'il voulait abattre par n'importe quel moyen.

— Jusqu'où comptait-il aller ? s'inquiéta le superintendant.

— Taintrope était un type à la fois exalté et prudent, très prudent... Pour lui, pas question de se montrer au premier plan. Il agissait toujours par personne ou société interposées.

— Et dans le cas qui nous occupe, l'intermédiaire, c'était vous ?

— Bien vu, Lord Percival. À moi de faire chuter Manaudi, en effet, et pas pour des clopinettes. Il m'offrait une petite fortune.

— Taintrope vous a-t-il aussi indiqué la marche à suivre ?

— Bien entendu ! Il ne laissait rien au hasard et il ne m'accordait qu'une confiance très limitée. Au fond, je n'étais qu'un instrument entre ses mains. Un instrument coûteux, mais efficace.

— Expliquez-vous.

— Je devais me faire engager chez Manaudi comme chimiste expert, avec deux objectifs : extirper un maximum de renseignements confidentiels sur le fonctionnement des laboratoires italiens et m'arranger pour que certaines crèmes hydratantes présentent de graves défauts. En possession du numéro des lots, il était facile d'alerter la presse et de provoquer un énorme scandale qui aurait fait tomber au plus bas le cours des actions Manaudi dont personne n'aurait voulu... sauf une société contrôlée par Taintrope. Et le tour était joué ! Imparable, non ?

— Pourquoi avez-vous refusé sa proposition ?

— Comment le savez-vous ?

— Parce que les entreprises Manaudi se portent fort bien et que leur patron tient toujours bon la barre.

— J'ai étudié le projet de Taintrope pendant deux jours et j'ai eu peur... Avec un bonhomme aussi rusé, j'aurais fatalement été pris dans l'engrenage.

— Sa réaction ?

— Fureur glacée. Il m'a promis que, si je bavardais, tout serait démenti et que j'aurais de très graves ennuis.

— Et vous avez gardé le silence, bien entendu.

— Bien entendu ! Et n'importe qui aurait fait comme moi. Winlock Taintrope ne menaçait pas à la légère…

— Et il vous a laissé tranquille ? interrogea Angus Dodson.

— Jusqu'à ces derniers temps, oui. Et puis il y a eu ce maudit coup de téléphone… J'entends encore sa voix : « Winlock Taintrope, vous vous souvenez ? » Si je me souvenais ! Il m'a refait le coup du charme, en me demandant comment j'allais, si ma carrière progressait bien, si j'étais satisfait de mon salaire… Je lui ai clairement expliqué que je n'avais nullement l'intention de travailler pour lui, mais il a insisté. Un nouvel entretien se révélait indispensable. Et pas aux Bahamas, cette fois, mais à Abano, en Italie !

— Vous a-t-il donné la raison de ce choix ? s'enquit Lord Percival.

— Non, pas un mot d'explication. J'ai tenté de refuser, mais il s'est accroché… Cette fois, a-t-il affirmé, la somme offerte sera moins importante mais beaucoup plus facile à gagner. J'ai tenté d'en savoir plus, mais il a refusé d'être plus précis au téléphone. Il m'a conseillé de faire la cure et de prendre du bon temps avant la conclusion de notre contrat. J'ai livré un baroud d'honneur, mais Taintrope s'est un peu énervé et il m'a vivement conseillé de ne pas refuser sa proposition. J'ai compris qu'il valait mieux céder… Et me voilà à Abano. Je vous ai tout raconté, l'histoire se termine là, je boucle mes valises et je rentre en Angleterre.

— Vous oubliez un détail, monsieur Romsen. Que vous a proposé Taintrope ?

— Mais… rien.

— Ne vous moquez pas de nous ! intervint le superintendant.

— Je suis tout à fait sérieux. Taintrope est mort avant de m'avoir révélé ce qu'il exigeait de moi.

— Difficile à croire…

— C'est pourtant la vérité.

— D'après un témoignage, ajouta Lord Percival, vous auriez eu une altercation avec Taintrope dans le couloir du fango.

— Altercation, c'est un bien grand mot… En fait, je me demandais quand j'allais enfin rencontrer ce satané Taintrope car je commençais à m'ennuyer avec toute cette boue. Je ne souffre de nulle part, moi ! Et puis il est enfin arrivé.

— Pour vous révéler la mission qu'il désirait vous confier, avança Dodson.

— Mais non, superintendant ! Moi, j'ai exigé des éclaircissements immédiats, mais il m'a répondu que nous avions tout notre temps et, qu'en plus nous ne le perdions pas. Comme je ne comprenais rien à son charabia, je me suis montré un peu véhément, et ça ne lui a pas plu du tout. Heureusement, il y avait le processus des soins, et nous avons été séparés.

— Il ne vous a vraiment pas dit un seul mot sur ses intentions ?

— Pas un seul.

— Et vous n'avez aucune hypothèse ?

— Rien de précis, répondit Picky Romsen. Sûrement un nouveau coup tordu, mais lequel ? Puisque Taintrope est mort, on ne le saura jamais. Je peux partir pour Londres ?

— Vous restez ici jusqu'à la fin de l'enquête, indiqua Dodson.

— Ce sera long ?

— Vous pouvez continuer la cure et profiter des bienfaits du fango... N'est-ce pas un privilège appréciable ?

— Ne vous fichez pas de moi, superintendant !

— Il y a un détail troublant dans votre dossier. Vous avez beaucoup joué au hockey sur glace, en Norvège, mais on vous a retiré votre licence pour brutalité excessive. Dans un sport comme celui-là, il faut vraiment en faire beaucoup pour mériter une telle sanction !

— Des arbitres trop pointilleux, c'est tout ! Ils m'ont pris dans le collimateur et ils ne m'ont plus lâché, alors que j'étais un excellent ailier. Vous auriez vu comment j'effaçais les défenses adverses !

— Il n'empêche que vous êtes un homme très violent, Romsen, et qu'il vaut mieux ne pas provoquer votre colère.

— Je me suis bien calmé, superintendant, et je suis devenu doux comme un agneau.

— Pourtant, dans le couloir du fango, le ton a très vite monté.

— Normal, Taintrope m'a toujours tapé sur les nerfs !

— Êtes-vous bien certain d'avoir cessé de fumer il y a une dizaine d'années ? demanda Lord Percival.

— Oui, ce fut dur, mais j'ai réussi. Même si un bon havane me manque parfois après le dîner, je résiste. Je ne vais quand même pas flanquer par terre tant d'années d'efforts. Mais pourquoi cela vous intéresse-t-il ?

— Avez-vous rencontré Giancarlo Manaudi ?

— Jamais, Lord Percival. J'ai cru l'apercevoir dans le couloir du fango, mais j'ai dû me tromper.

— Non, c'était bien lui. Étrange coïncidence, ne trouvez-vous pas ?

— La vie est pleine de surprises.

— Vous ne lui avez donc pas raconté ce qui s'était tramé contre lui ?

— Il y a prescription… Je ne crois pas qu'il apprécierait. Et puis mon rôle dans cette histoire n'a pas été très reluisant !

— En refusant, vous avez plutôt servi sa cause.

— Manaudi pourrait quand même mal le prendre. Dans ces embrouilles-là, moins on cause, mieux on se porte. Pour moi, tout ça, c'est du passé.

— Vous avez toutefois eu le temps de réfléchir à la disparition tragique de Winlock Taintrope ?

— Oh, vous savez, il vaut mieux chasser les mauvaises pensées ! Elles vous empoisonnent l'esprit et obscurcissent l'avenir.

— N'avez-vous pas rencontré la maîtresse de Taintrope ?

— J'ignorais qu'il en avait une ! Ce ne serait pas elle qui l'aurait tué, par hasard ? Un bon vieux crime passionnel, ça vous simplifierait les choses !

34.

— Ce Picky Romsen n'est pas clair, jugea Angus Dodson en dégustant un excellent café italien au bar de l'hôtel Euganei. Non seulement il a une tête d'assassin, mais encore possède-t-il un bon motif d'avoir assassiné Winlock Taintrope.

— Lequel ? interrogea Lord Percival.

— La peur. Romsen ne nous a pas tout dit, mais je suis persuadé que Taintrope le faisait chanter. Ce rapace ne lâche jamais prise, et il avait mis la main sur Romsen dont il voulait faire son esclave. Ce dernier a cru qu'il pouvait s'échapper, mais l'autre l'a rattrapé par le col de la chemise et lui a donné une nouvelle mission. Romsen a compris qu'il ne s'en sortirait jamais. S'il obéissait, Taintrope le détruirait ; s'il refusait une nouvelle fois, le résultat serait le même. Une seule solution possible : éliminer Winlock Taintrope.

— Hypothèse séduisante, reconnut l'Écossais. Mais les enquêteurs du Yard vous ont transmis d'autres révélations qu'il convient d'exploiter.

— Entendu… Occupons-nous donc de Mlle Ruth Mainlay.

La belle jeune femme aux cheveux châtains ne se

trouvait pas dans sa chambre, mais dans la grotte sudatoire où elle venait de pénétrer.

Devant la porte vitrée qui y donnait accès, le chef superintendant hésita.

— Quelle chaleur fait-il, là-dedans ?

— Entre 48° et 60°.

— On attendra la sortie de la demoiselle...

— Mieux vaut la prendre au dépourvu, estima le châtelain, qui poussa la porte vitrée, se déshabilla et se ceignit les reins avec une grande serviette blanche. Puis il poussa la lourde porte blindée ouvrant sur la « grotte ».

De la vapeur brûlante l'agressa et l'aveugla. Il lui fallut plusieurs secondes pour distinguer les formes magnifiques de Ruth Mainlay, étendue sur une banquette de bois.

— Heureux de vous revoir, mademoiselle, dit l'Écossais en s'asseyant en face de la curiste qui se redressa, surprise.

— Vous, Lord Percival !

— J'ai besoin de perdre quelques toxines et de vous donner des nouvelles de notre enquête.

Très naturelle, Ruth Mainlay ne chercha pas à dissimuler son corps somptueux et s'allongea de nouveau sur le dos. Se pliant à la règle des saunas et autres endroits comparables, le châtelain ôta la serviette blanche pour pouvoir suer à son aise.

— Vous avez découvert l'assassin de Winlock Taintrope ?

— Non, mademoiselle, mais il ne nous échappera pas.

— Vous avez donc des indices...

— Ils s'accumulent, en effet ; mais c'est de vous-même et de votre existence que j'aimerais parler.

Ruth Mainlay s'épongea le front avec un linge.

— De moi ? Mais pourquoi…

— Parce que les inspecteurs de Scotland Yard ont mené une enquête approfondie à votre sujet. Le superintendant Dodson m'a communiqué les résultats, et ils sont assez surprenants.

La jeune femme croisa les bras sur sa somptueuse poitrine.

— Ils ont dû se tromper… J'ai une existence toute simple.

— Vous n'êtes pas venue ici pour vous soigner, n'est-ce pas ?

— Il faut prévenir très tôt les effets du vieillissement, Lord Percival. Le soleil des Caraïbes est dangereux pour la peau, le froid des sports d'hiver également. Ici, l'organisme se désintoxique et bénéficie d'une véritable cure de jouvence.

— J'aurais bien aimé vous croire, mademoiselle, mais il y a vraiment trop de faits troublants.

— Je ne vois pas lesquels…

— Vos parents, par exemple.

— C'est un sujet que j'aimerais mieux éviter… J'ai dit ce que j'avais à en dire.

— Il est vrai qu'une orpheline ne peut pas avoir de souvenirs parfaits.

— Ah… vous savez…

— Vous avez inventé des parents riches et faibles au point de satisfaire tous vos caprices. Malheureusement pour vous, ils n'ont jamais existé.

— Tout le monde rêve, Lord Percival… Pour moi, ce rêve-là, c'était le plus beau. Chaque soir, je m'endors en pensant que j'ai des parents qui m'aiment, pensent à moi, écoutent mes désirs, se soucient de ma santé et de mon avenir. Il existe tellement d'enfants qui connaissent ce bonheur-là, ces petites joies de chaque jour qui illuminent le quotidien. Oui, j'ai inventé un monde chaleureux, une famille impossible… Est-ce un crime si grave ?

— Puisque ce ne sont pas des parents qui vous permettent de subsister, mademoiselle, comment gagnez-vous votre vie ?

— Je me débrouille…

— De quelle manière ?

— Comme tout un chacun de nos jours… Par chance, l'Angleterre est un pays vraiment libéral où l'on trouve facilement du travail. Je suis un jour ici, un autre ailleurs…

— Dans quel type d'activité ?

— La mode, les vêtements…

— Bien entendu, vous avez conservé des bulletins de salaire.

— Ce n'est pas l'usage… Je travaille à la commission. Quand j'ai touché assez d'argent pour payer mes frais, je me repose.

— Vous habitez bien Chelsea, mais pas un petit appartement.

— Question d'appréciation…

— Vous êtes trop modeste, mademoiselle. Il s'agit d'une résidence luxueuse dont le loyer est particulièrement élevé.

— Je n'y ai pas prêté attention…

— Je vous crois d'autant plus volontiers que ce loyer est réglé par une société dont l'actionnaire majoritaire n'est autre que Winlock Taintrope.

La belle Ruth Mainlay s'essuya longuement le visage.

— Si je vous affirme que je l'ignorais, me croirez-vous ?

— Non, mademoiselle. Et je voudrais savoir quand vous avez rencontré Winlock Taintrope et pourquoi il vous accordait de telles largesses.

La jeune femme tourna le dos au châtelain.

— Je n'ai jamais vu ce Taintrope !

— Continuer à mentir serait une erreur grave. Vous étiez sa maîtresse, n'est-ce pas ?

— Je ne sais plus...

— Est-ce vous qui l'avez séduit ou lui qui vous a choisie ?

La question piqua Ruth Mainlay au vif. Elle s'assit et fit face à l'Écossais.

— Personne ne m'a jamais rien imposé ! J'ai bel et bien travaillé dans les milieux de la mode et je voulais devenir mannequin. Un soir, Winlock Taintrope a visité la maison de couture où je collaborais à une collection parce qu'il voulait l'acheter à bas prix en raison de ses difficultés financières. Je l'ai trouvé sympathique, jovial, conquérant au bon sens du terme. Comme je lui souriais, il m'a invitée à dîner et puis... Et puis une liaison a débuté. Je voulais rester libre, lui aussi. Mais nous avons passé un accord : quand il se trouvait à Londres, il pouvait m'appeler à n'importe quelle heure du jour et de la nuit, et je devais me rendre disponible. En échange, il me versait un bon salaire et me payait un logement confortable. C'était beaucoup moins ennuyeux que de travailler comme vendeuse ou petite main, en étant obligée de coucher gratuitement avec le patron ! Je vous choque sans doute, mais puisque le ciel m'a donné un corps séduisant, je m'en sers. Dans une usine, je passerais mon temps à l'abîmer pour un salaire de misère. Grâce à ce job, je peux rester belle, profiter de la vie et savourer ma liberté !

Le châtelain suait à grosses gouttes et, malgré la chaleur, tentait de garder sa lucidité.

— Comment se comportait Taintrope avec vous ?

— Comme la brute qu'il était... Ça, je ne l'ai

découvert que progressivement. Pour lui, la femme n'était qu'un objet sexuel. Il devait en avoir une dans chaque grande ville qu'il fréquentait. Le charme des premières rencontres a très rapidement disparu... Pour tout vous avouer, Taintrope était plutôt malsain. Vous voulez des détails ?

— Ce ne sera pas nécessaire, mademoiselle.

— C'était un travail bien payé, rien d'autre, et je n'en ai pas honte ! Il valait mieux que Taintrope se défoule avec des femmes d'expérience plutôt que d'agresser des petites filles. Quel pauvre type, au fond... Aucun sentiment, amant médiocre, et le business comme seul horizon, avec toujours plus de magouilles et de coups tordus !

— Une rude oraison funèbre.

— Il ne mérite pas mieux !

— Un détail m'intrigue de plus en plus, mademoiselle... Vous venez de préciser que Taintrope, lorsqu'il se trouvait à Londres, exigeait de vous une totale disponibilité.

— C'est exact.

— Pourquoi êtes-vous venue à Abano ?

35.

Ruisselante, Ruth Mainlay évita le regard de Lord Percival.

— Je vous l'ai dit, pour les soins.

— Ce n'est pas crédible, mademoiselle.

— Croyez ce que vous voudrez !

— Vous venez d'évoquer magouilles et coups tordus… Taintrope ne vous avait-il pas convoquée ici pour vous confier une mission précise ?

— Séduire un concurrent, par exemple ? Alors là, vous vous égarez, Lord Percival ! Je ne suis pas une prostituée de luxe !

— Pardon de vous avoir offensée. Il existe une autre solution qui conviendrait mieux à votre tempérament.

— Je suis curieuse de la découvrir…

— Supposons que votre mode de vie ait fini par vous déplaire et que vous ayez décidé d'en changer… Il vous fallait en avertir Taintrope et vous n'avez pas hésité à faire le voyage pour négocier avec lui et retrouver vraiment votre liberté.

— Intéressant, estima Ruth Mainlay, souriante.

— Mais un peu trop romantique, je le crains. La réalité est sans doute beaucoup moins brillante : c'est Taintrope qui a décidé de rompre. C'était un homme brutal, sans foi ni loi, qui devait se lasser très vite de ses conquêtes, surtout si elles refusaient de satisfaire ses perversions. Et j'ai le sentiment que c'est bien cela qui s'est produit, mademoiselle. Taintrope a trop exigé de vous, et vous l'avez repoussé. Mais on ne repoussait pas un homme comme celui-là. Plus de salaire, plus de logement… Vous vous retrouviez à la rue et vous êtes accourue ici afin de trouver un terrain d'entente. Comme Taintrope ne revenait jamais sur ses décisions, que vous restait-il ?

— Le crime… C'est bien ce que vous pensez, Lord Percival ?

— Une femme humiliée et abandonnée n'en est-elle pas capable ?

— Je me réjouis de la mort de cette brute, c'est vrai, mais je ne suis pas coupable. Et si vous êtes persuadé que je suis une criminelle, prouvez-le ! À présent, je vais prendre une douche.

— J'ai vu sortir Ruth Mainlay de la grotte sudatoire comme une furie, dit Angus Dodson à Lord Percival, douché, rhabillé et parfumé. A-t-elle avoué ?

— Cette délicieuse jeune femme a les nerfs très solides. Elle a reconnu être la maîtresse de Taintrope et nous avoir menti sur un certain nombre de points de détail, mais rien de plus.

— Crime passionnel, vengeance sentimentale… Et pourquoi pas complicité avec un assassin qui voulait se débarrasser *professionnellement* de Taintrope ?

— Vous pensez à Giancarlo Manaudi, mon cher Dodson ?

— Son cas m'intrigue, c'est vrai… Depuis votre entretien, il est clair que la mort de Taintrope est une heureuse surprise pour lui. Mais peut-on parler de surprise ? Ce chef d'entreprise italien est tout à fait capable d'avoir organisé un traquenard pour se débarrasser du prédateur qui voulait le dévorer.

— Mais il se trouvait dans le fango, rappela Lord Percival.

— Il a pu agir en utilisant les services d'un assassin qui, lui, avait une liberté de mouvements.

— Vous lui prêtez des intentions plus que machiavéliques.

— N'en serait-il pas capable ?

— Acculé dans ses derniers retranchements, un homme de sa trempe me semble capable du pire.

— Mais nous n'avons aucune preuve à montrer au commissaire Gaudeo... Et ce n'est pas lui qui va nous aider à arrêter Manaudi ! Pourtant, il ne peut pas être étranger à ce crime... Faire venir à Abano la maîtresse de Taintrope, la manipuler, c'était pour lui un jeu d'enfant ! Et comme Picky Romsen est sérieusement impliqué dans cette affaire et qu'il peut se montrer très violent, on peut commencer à envisager la vérité.

— Pourquoi Giancarlo Manaudi aurait-il commis l'imprudence de se trouver sur le lieu du crime, au moment où il a été commis ?

— Par orgueil, Lord Percival ! Enveloppé de fango, Giancarlo Manaudi avait le plus parfait des alibis. Et il assistait, de très près, à l'élimination de son dangereux rival.

L'Écossais, pensif, n'émit aucune objection.

— Allons chercher Hans Wachter, voulez-vous ?

— Je l'avais presque oublié, celui-là, avoua Angus Dodson ; pourtant, il va falloir qu'il reconnaisse les faits, lui aussi.

— Je vous propose de l'emmener dans un lieu paisible. Étant donné le caractère très particulier du personnage, il vaut mieux ne pas trop jouer sur ses nerfs.

Sur la recommandation de Lord Percival, le chauffeur consentit à rouler un peu moins vite pour se rendre de l'hôtel Euganei au couvent de San Daniele, habité par des bénédictines depuis 1948. Ancien couvent fortifié construit en l'honneur de Daniele, martyr né à Padoue, il se composait de plusieurs édifices, dont une église de 1711, et bénéficiait d'une superbe terrasse panoramique à laquelle on accédait par une route en lacet grimpant à travers les bois.

Muni de sa béquille, Hans Wachter avait accepté de suivre les deux enquêteurs et de monter dans la voiture, sans même demander sa destination. La mine sombre, il paraissait indifférent au monde extérieur, enfermé dans une méditation douloureuse.

Le soleil n'avait pas réussi à percer la brume, et il faisait froid. Aussi Lord Percival grimpa-t-il d'un bon pas les marches disposées en demi-cercles qui menaient à l'église. Il poussa une lourde porte de bois qu'une inscription priait de refermer. Dans un petit espace, entre cette porte et la grille qui marquait l'entrée du monastère proprement dit où vivaient les bénédictines, il y avait un bénitier, la pierre tombale d'une patricienne de Padoue et des bancs où l'on pouvait s'asseoir pour réfléchir ou écouter les sœurs chanter et psalmodier. Le sol se composait d'un damier rouge et blanc, et l'atmosphère de l'endroit incitait au recueillement.

Hans Wachter s'assit sur un banc, les deux enquêteurs face à lui.

— Ma femme aime beaucoup les églises, dit-il d'une voix cassée ; elle y passe des heures pour admirer les tableaux et les sculptures. Elle aime beaucoup l'orgue, aussi ; quand un concert est annoncé, nous ne le manquons jamais. C'est si émouvant, cette musique, surtout les *Préludes* de Bach. C'est le musicien préféré de ma femme, parce qu'il lui permet de comprendre Dieu... Et comment vivre sans cette dimension-là ? Ma femme peut écouter Bach pendant des heures et chantonner les thèmes de ses fugues. Dans sa famille, autrefois, parents, enfants et amis se réunissaient pour former un petit orchestre et une chorale capables de jouer les cantates de Jean-Sébastien Bach. À cause des enregistrements, toute cette musique vivante a disparu... Quel dommage !

Wachter leva la tête et regarda autour de lui.

— C'est beau, ici, et c'est si calme... J'y passerais bien le reste de mes jours. Est-ce que je peux fumer ?

— Non, répondit Lord Percival ; nous sommes dans une église.

— Ah oui, j'avais oublié... Bon, j'attendrai. Les sœurs chantent-elles du Bach ?

— Je l'ignore.

— J'espère qu'elles vont en chanter... Ma femme aime aussi Pergolèse et Vivaldi, mais leurs œuvres lui paraissent bien légères à côté de la *Messe en* si ou de la *Passion selon saint Jean.* Parfois, grâce à la musique, je crois que le monde est très beau et que les hommes peuvent enfin faire la paix. Je pense souvent à la guerre, à toutes les guerres, et je ne comprends ni pourquoi elles commencent ni pourquoi elles s'arrêtent... Ne devrait-on pas renvoyer tous les soldats, et les engager comme jardiniers ? Ce qui me choque le plus, aujourd'hui, c'est le manque d'entretien des jardins publics... Naguère, on faisait la chasse aux mauvaises herbes et on traitait la moindre petite fleur avec amour, comme si elle était unique et irremplaçable. Il n'y avait pas besoin de tondeuses ou d'autres machines bruyantes.

— Votre vie est-elle toujours menacée, monsieur Wachter ?

— Sûrement... Comme la vôtre, Lord Percival.

— Qui me menace ?

— Comment le saurais-je ? Les menaces sont dans l'air, elles circulent sans que personne puisse les contrôler.

— Si vous savez quelque chose de précis, intervint Angus Dodson, il faut parler.

— Non, il ne faut pas... En parlant trop, on risque de se tromper et d'accuser des innocents. Pourtant, il n'y a pas que des innocents, mais aussi des coupables.

— Je vous promets que nous vous protégerons.

— Plus personne ne peut me protéger.

— Même votre femme ? demanda Lord Percival à mi-voix.

Les yeux de Hans Wachter se rétrécirent.

— Elle, si, à condition qu'elle soit d'accord.

— Vous savez bien qu'elle est morte, monsieur Wachter.

36.

— Scotland Yard a mené une enquête approfondie, continua Lord Percival. Elle nous a appris que vous formiez un couple très uni et que votre femme dirigeait une petite entreprise. Vous meniez une existence tranquille jusqu'au moment où une grosse société détenue par Winlock Taintrope s'y est intéressée.

— Oui, je m'en souviens comme si c'était hier...

— Par banquier interposé, je suppose, il lui a proposé de l'acheter, mais votre femme a refusé.

— Il offrait un prix ridicule pour toute une vie de travail ! Alors, elle a lutté.

— Mais elle ne savait pas que Taintrope utiliserait les méthodes les plus déloyales pour la discréditer et la faire passer pour quelqu'un de malhonnête.

— Ce fut terrible, Lord Percival ! Il a organisé contre elle une campagne de diffamation qui lui a ruiné la santé... Quand elle a compris que plus personne ne la croyait, que même ses employés pensaient qu'elle était une voleuse, elle s'est suicidée.

— Suicidée à cause de Winlock Taintrope, n'est-ce pas ?

— Oui, à cause de lui. Ce type était un assassin qui demeurait dans l'ombre.

— Et vous êtes venu pour l'en faire sortir, ici, à Abano ?

— Personne ne doit rester dans les ténèbres, surtout un assassin qui les utilise pour frapper autrui.

— Vous devriez avouer, suggéra le chef superintendant.

— Avouer… Mais avouer quoi ?

— Que vous avez tué Winlock Taintrope pour venger votre femme.

Hans Wachter se contenta de répondre par un sourire énigmatique.

— Pourquoi n'utilisez-vous qu'une seule béquille ? demanda Dodson.

— Une seule béquille… Parce que j'en ai besoin.

— Pas tous les jours, semble-t-il.

— Parfois, je l'oublie.

— Laissez-moi l'examiner.

Hans Wachter empoigna sa béquille.

— N'y touchez pas, elle est à moi, rien qu'à moi !

— Soyez raisonnable, recommanda Lord Percival. Nous sommes dans la demeure du Seigneur, il ne peut rien vous arriver de grave.

— Vous croyez…

— J'en suis certain.

Wachter remit la béquille au superintendant.

— Ne l'abîmez pas trop… J'y tiens beaucoup.

Angus Dodson ne mit pas longtemps à vérifier sa théorie : la béquille se composait de deux parties bien distinctes. Le bas se dévissait pour laisser apparaître la lame d'un poignard en mauvais état.

— Belle variante de la traditionnelle canne-épée… C'est avec cette arme que vous comptiez supprimer Winlock Taintrope ?

Dans le chœur de l'église, les bénédictines commençaient à chanter. Hans Wachter se referma comme une huître.

Le commissaire Gianfranco Gaudeo était visiblement énervé, et ce n'était pas son dixième café de la matinée qui l'apaiserait.

— Où en êtes-vous, messieurs ? demanda-t-il aux deux enquêteurs.

Le chef superintendant ne cacha rien à son collègue italien qui, à plusieurs reprises, manifesta son étonnement.

— Que saint Antoine de Padoue nous vienne en aide ! implora-t-il. Il nous faudrait un miracle pour y voir clair... Moi, je miserais volontiers sur une histoire de femme. Quand on voit Ruth Mainlay, on comprend aisément qu'elle n'apprécie pas d'être délaissée. Mais comment une aussi jolie femme aurait-elle pu commettre un crime aussi atroce ? Non, il faut une poigne d'homme, et d'homme solide. Picky Romsen prend forcément la tête des suspects... Sans oublier Hans Wachter, qui est devenu complètement fou à cause du suicide de sa femme. Et l'existence d'un complot n'est pas absurde, elle non plus, surtout entre Ruth Mainlay et Picky Romsen. Pour moi, c'est le ticket gagnant !

— Renato Cernunisca vous paraît-il lavé de tout soupçon, mon cher collègue ?

— Celui-là, superintendant, il se trouvait là par hasard ! Mais vous avez fait de l'excellent travail et, grâce à vous, je vais mettre fin à ses détestables activités.

— Laissons-nous repartir Tendresse Menue ?

— La journaliste française ? Oui, qu'elle s'en aille !

— J'ai encore quelques questions à lui poser, objecta Lord Percival.

— Elle est visiblement hors du coup, estima le commissaire Gaudeo, et elle ne recherche que le sensationnel !

— Probablement, mais il ne faut rien laisser au hasard. Si nous abordions le rôle éventuel de Giancarlo Manaudi ?

— Est-ce bien nécessaire, Lord Percival ? Nous savons tous qu'il ne peut pas être un assassin.

Le châtelain développa la théorie qui faisait de Manaudi le cerveau d'un complot criminel parfaitement exécuté.

Le commissaire Gaudeo écouta avec attention.

— J'aimerais pouvoir vous démontrer que vous vous trompez complètement, mais je suis troublé... À supposer que vous ayez raison, Lord Percival, de quelle preuve disposons-nous pour accuser Giancarlo Manaudi ? Aucune. Nous pourrions bien être en présence du crime parfait, ici, à Abano !

Le commissaire Gaudeo commanda un autre café et alluma une cigarette.

— À l'école de police, on nous apprend que l'assassin le plus rusé laisse toujours une trace... Cette fois, il ne semble pas avoir commis la moindre erreur.

— Ne soyons pas si pessimistes, recommanda le châtelain. Les traces ne sont pas absentes, mais c'est leur interprétation qui pose de délicats problèmes. De votre côté, commissaire, quoi de neuf ?

— Malheureusement rien.

Le directeur de l'hôtel Euganei vint murmurer quelques mots à l'oreille du policier italien.

— Où ça ?... Oui, nous nous en occupons.

Un sourire de circonstance figé sur les lèvres, le directeur attendait les directives.

— Un attentat vient d'être commis près des cuves à fango, révéla le commissaire Gaudeo aux deux enquêteurs britanniques. Allons-y.

Le directeur guida le trio jusqu'au lieu du drame. Tous sortirent de l'hôtel par un couloir de service pour éviter les curistes qui se rendaient à leurs cabines.

La brume avait vaincu le soleil pour la journée. On se serait cru dans une rue du vieux Londres, avec un bon vieux smog, encore renforcé par les vapeurs de l'eau thermale. De toute évidence, celui qui avait commis l'attentat n'avait connu aucune difficulté ni pour se dissimuler ni pour s'enfuir, car on n'y voyait guère à deux mètres. Les silhouettes devenaient des fantômes inquiétants.

Angus Dodson sursauta.

Quelqu'un venait de le frôler.

— Qui êtes-vous ?

Il s'enfuyait.

— Restez où vous êtes !

Dodson avait l'allure de Falstaff, mais, quand la situation l'exigeait, il savait se montrer rapide. Fonçant dans le brouillard, il agrippa le fuyard par le col de son blouson et le plaqua à terre.

— Ne me faites pas de mal ! implora Francisco, croisant les mains devant son visage.

— Qu'est-ce que vous faites ici, mon gaillard ?

— Mais... seulement mon travail !

Dodson releva l'homme aux cheveux longs et au nez pointu. Lord Percival, le commissaire Gaudeo et le directeur de l'hôtel s'approchèrent.

— Qu'est-ce qui se passe, Francisco ? demanda le directeur.

— Je ne sais pas, j'ai eu très peur !

— C'est toi qui as signalé un attentat ?

— Oui… En remplissant mes seaux, j'ai cru voir un cadavre, près d'une cuve à fango.

— Tu l'as identifié ?

— Oh non, je ne me suis même pas approché !

— Emmène-nous.

Francisco, encore tremblant, guida le quatuor entre les cuves et les draps qui séchaient tant bien que mal.

— Voilà, c'est ici.

Le long d'une cuve, un corps, face contre le sol.

Celui de Renato Cernunisca.

37.

Lord Percival s'agenouilla pour examiner le corps.

— Excellente nouvelle : Renato Cernunisca est bien vivant, mais proprement assommé.

Sur l'occiput, un bel œuf de pigeon.

Dodson souleva sans peine le rat d'hôtel italien, le mit sur ses épaules comme un vulgaire sac de pommes de terre et le porta jusqu'à un salon de l'hôtel Euganei où le directeur fit venir un médecin, dont le diagnostic fut des plus rassurants.

Renato Cernunisca revint doucement à lui.

— Où suis-je... Mais vous êtes... On m'a agressé, on m'a...

— Calmez-vous, recommanda Lord Percival, vous êtes en sécurité.

L'Italien regarda autour de lui, il reconnut le châtelain, le chef superintendant et le commissaire Gaudeo.

— Je peux avoir quelque chose à boire ?

L'Écossais lui donna un verre d'eau.

— Racontez-nous ce qui s'est passé.

— Comme je vous l'avais promis, j'ai commencé à fouiner en explorant systématiquement toutes les parties de l'hôtel pour repérer quelqu'un ou quelque chose d'insolite. Je me suis laissé guider par mon instinct et j'ai traîné par ici… Mal m'en a pris ! On m'a frappé, et tout est devenu noir.

— Vous n'avez donc pas vu votre agresseur ?

— Malheureusement, non. Mais ma mission est terminée ! Je n'ai pas envie d'être assassiné comme Taintrope.

Le commissaire Gaudeo s'adressa au rat d'hôtel avec un sourire carnassier.

— On a beaucoup de choses à se dire, tous les deux.

— Je n'ai tué personne, je vous jure !

— Ça, on verra plus tard… Pour le moment, on va faire ensemble l'inventaire complet de vos exploits.

Pendant que le commissaire Gaudeo emmenait Renato Cernunisca, Lord Percival et Angus Dodson regagnèrent le grand salon de l'hôtel Euganei.

En peignoir, assis dans un fauteuil confortable, Giancarlo Manaudi buvait un chocolat chaud.

— Venez vous asseoir, messieurs ! Puis-je vous offrir quelque chose ?

— Nous vous imitons, répondit Lord Percival.

— On dirait que ce paisible hôtel connaît une certaine agitation… Auriez-vous mis la main sur le coupable ?

— Nous progressons, affirma Dodson.

— En langage diplomatique, cela signifie que vous êtes dans le brouillard. Aujourd'hui, il est particulièrement épais.

— L'assassin en profite pour se dissimuler, précisa l'Écossais. Et l'on peut se demander s'il ne se prépare pas à frapper de nouveau.

L'élégant Giancarlo Manaudi fronça les sourcils.

— Taintrope ne serait-il que la première victime d'un tueur en série ?

— Espérons que nos craintes sont dépourvues de fondement.

— En tout cas, je ne suis pas l'assassin que vous recherchez ! En peignoir, je n'aurais pas été loin, et l'on m'aurait repéré facilement.

— Qui vous a dit que nous étions à la poursuite d'un criminel ? demanda Dodson, l'œil mauvais.

— Ne l'êtes-vous pas en permanence, superintendant ? Comme vous êtes essoufflé, j'en ai naturellement conclu que vous aviez dû repérer quelqu'un qui vous a échappé. Suis-je un bon détective ?

— Vous pourriez l'être, estima Lord Percival.

— Avez-vous découvert la technique que j'ai utilisée pour sortir de la boue, tuer Taintrope et retourner dans le fango sans laisser trace de mon passage ?

— Pas encore, monsieur Manaudi.

— Autrement dit, vous continuez à chercher ! Ce qu'un Écossais peut être entêté, tout de même... Quand accepterez-vous de reconnaître les faits tels qu'ils sont, Lord Percival, et cesserez-vous d'échafauder d'invraisemblables théories ?

— Il existe peut-être un moyen de se déplacer tout en restant immobile.

Les yeux du créateur de cosmétiques pétillèrent.

— Passionnant... Seriez-vous un adepte de la philosophie chinoise du Tao-tö-king ? La roue tourne, mais le moyeu ne bouge pas, car il est le vide immobile d'où procède tout mouvement... Une belle image, non ?

— Vous lisez dans ma pensée, monsieur Manaudi. Supposons que vous soyez à la fois le fabricant et le moyeu de cette roue que vous avez fait tourner en envoyant un assassin correctement payé tuer votre ennemi mortel, Winlock Taintrope.

Le visage de l'Italien se crispa.

— C'est complètement absurde !

— Au contraire, de la part d'un homme riche, intelligent et manœuvrier, ce serait parfaitement logique. Vous n'auriez pas pris le risque de monter vous-même en première ligne. Cette précaution vous assurait une certaine sécurité, mais il demeure un inconvénient : votre complice. Le bras armé d'un cerveau est souvent le point faible, car il finit par prendre peur lorsque l'étau se resserre ou par demander plus qu'il ne lui a été promis.

— Je ne vous suis pas…

— Si vous êtes bien ce cerveau, monsieur Manaudi, vous venez de prendre conscience de la faille de votre stratégie. Votre complice ne serait-il pas sur le point de vous dénoncer ?

— Je n'ai aucun complice !

— Un crime en appelle donc un autre… Taintrope éliminé, il faut aussi éliminer celui ou celle qui sait la vérité sur ce meurtre et pourrait encore vous en faire accuser, alors que nous ne disposons d'aucune preuve matérielle contre vous.

— Vous divaguez, Lord Percival !

Giancarlo Manaudi essuya de grosses gouttes de sueur qui lui perlaient au front.

— Ne vous méprenez pas, c'est une simple réaction au fango. Vos propos ne m'impressionnent pas et ils commencent à m'irriter sérieusement !

— Si vous n'êtes pas impliqué, reconnaissez que ce raisonnement présente un intérêt réel.

— Je ne veux pas entrer dans votre jeu ! Appliquez ce beau raisonnement à quelqu'un d'autre… Je suis persuadé que cette crapule de Taintrope ne manquait pas d'ennemis qui vont se réjouir de sa mort !

— Exact, monsieur Manaudi.

— Eh bien, interrogez-les et vérifiez leurs alibis !

Certains seront probablement beaucoup moins solides que le mien.

— Rassurez-vous, intervint Dodson, nous l'avons fait.

— Avec quels résultats ?

— Vous demeurez un personnage central, conclut Lord Percival.

— C'est tout de même insensé ! Je viens dans cet hôtel pour suivre une cure et je me retrouve mêlé à une affaire criminelle dont j'ignore tout ! De quel mauvais génie suis-je la victime ?

— Peut-être d'une très jolie femme qui se nomme Ruth Mainlay.

— Pardonnez-moi de vous apparaître prétentieux, Lord Percival, mais j'ai la chance de plaire à un certain nombre de jolies femmes et d'entretenir avec elles les rapports les plus cordiaux. Depuis mon adolescence, j'ai appris à conquérir sans être conquis, et ce n'est pas un délicieux minois, si attirant soit-il, qui me fera changer de ligne de conduite. Ruth Mainlay est superbe, je vous le concède, mais je fréquente des Italiennes qui la surpassent et qui toutes, à un moment ou à un autre, ont voulu devenir Mme Manaudi. Malheureusement pour elles, je suis un célibataire forcené et je ne renoncerai à aucune parcelle de ma liberté. Ne me cherchez aucun complice, c'est une voie sans issue ! Je prends mes décisions seul, j'agis seul et j'assume seul la totalité de mes responsabilités.

— En ce cas, vous ne refuserez pas un entretien avec quelqu'un qui pourrait nous aider à y voir plus clair.

— De qui s'agit-il ?

— Laissez-moi vous faire la surprise, monsieur Manaudi.

— Je déteste les surprises !

— L'imprévu ne fait-il pas partie de la vie d'un créateur ? Si vous n'avez vraiment rien à vous reprocher, aidez-nous à découvrir la vérité.

— Je n'ai pas d'autre intention, Lord Percival.

— Alors, suivez-nous.

— Je vous rappelle que je suis en peignoir.

— Aucun problème.

Le châtelain, le chef superintendant et Giancarlo Manaudi quittèrent le grand salon pour se diriger vers le couloir du fango.

À son extrémité, Francisco s'apprêtait à pousser vers l'extérieur son chariot chargé de seaux remplis de fango usagé.

— Un instant, dit Lord Percival.

L'Italien s'immobilisa.

— Vous me voulez quoi ?

— Juste une réponse à cette question : avez-vous agi sur les ordres de M. Giancarlo Manaudi ?

38.

Ses cheveux longs lui masquant presque tout le visage, Francisco osa à peine regarder Giancarlo Manaudi, impassible.

— Je suis obligé de répondre ?

— Ce serait préférable, dit Angus Dodson avec sévérité.

— Non, M. Manaudi ne m'a donné aucun ordre. Moi, je travaille ici, et je n'obéis qu'aux ordres de la direction de l'hôtel Euganei.

— Vous pouvez parler sans crainte, Francisco. Si Giancarlo Manaudi vous a obligé à commettre un acte sous la contrainte, il est temps d'avouer. C'est lui qui sera châtié, pas vous.

Francisco réfléchit pendant de longues secondes en mâchant son chewing-gum.

— Je ne comprends rien à ce que vous racontez... Moi, je fais mon travail, rien d'autre. Et je n'ai jamais adressé la parole à ce monsieur.

Comme si ses interlocuteurs avaient disparu, Francisco poussa son chariot.

— Raté, Lord Percival, constata Giancarlo Manaudi, ironique. Je n'ai aucune idée de votre stratégie, mais elle vient d'échouer lamentablement. Je peux disposer ?

L'Italien s'éloigna en sifflotant.

— Si ce type est coupable, marmonna Dodson, qui se sentait humilié pour le châtelain, il avouera, foi de superintendant.

Le châtelain ne sembla nullement troublé.

— Ne vous formalisez pas, mon cher Dodson. Manaudi croit que j'ai échoué, alors que j'ai simplement écarté une fausse piste. Laissons-le penser ce qui lui convient et poursuivons notre chemin.

Angelo Bardini terminait sa matinée de travail et rentrait dans la cabine réservée au personnel pour se changer.

— Avez-vous un instant, monsieur Bardini ?

— Bien sûr, Lord Percival. Vous n'êtes pas venu au fango ?

— Le superintendant et moi-même avons été trop bousculés.

— Un seul jour de boue, ce n'est pas profitable. Il faut une douzaine de séances pour en ressentir les bienfaits.

— Nous y songerons sérieusement... Pouvons-nous vous inviter à déjeuner ?

Tutto Bene sembla perturbé.

— Vous êtes des clients, ce n'est pas trop permis.

— Oublions un instant le règlement, voulez-vous ?

— Bon... Mais uniquement parce que vous m'êtes sympathique.

Angelo Bardini fit découvrir aux deux enquêteurs l'arrière-salle d'un petit restaurant populaire des faubourgs d'Abano. Une mamma des plus traditionnelles leur servit de délicieuses pâtes à la romaine, puis des lasagnes au moelleux exceptionnel. Quant au chianti, c'était un vin véritable, servi un peu frais.

Tutto Bene mangea d'un bel appétit, et Angus Dodson fit honneur au repas.

— J'avais une faim de loup, avoua Angelo Bardini. Dans le couloir du fango, on ne parle que de votre enquête.

— Et qu'en dit-on ? demanda Lord Percival.

— Tout et n'importe quoi ! Je n'aurais jamais cru que tous les clients de l'hôtel Euganei pouvaient passer pour des assassins. Les gens ont vraiment une langue de vipère, et ils n'hésitent pas à répandre les pires calomnies sur autrui... À vous écœurer.

— Dans ce flot de dénonciations, rien de sérieux ?

— Vraiment rien ! Ce qui m'afflige le plus, ce sont les soupçons pesant sur M. Manaudi.

— Pourquoi êtes-vous persuadé qu'il est irréprochable ?

— Parce qu'il l'est, Lord Percival !

— Même un homme irréprochable peut avoir une bonne raison de commettre un meurtre.

— Pas celui-là, pas Giancarlo Manaudi... Il appartient à une grande famille, il est riche, connu dans le monde entier... Comment ne susciterait-il pas mille et une jalousies ?

— Vous en parlez comme d'un ami très proche, remarqua Angus Dodson.

— Ce n'est pas le cas, malheureusement. Il s'agit seulement d'un grand homme que j'admire et dont je n'aime pas voir la réputation ternie.

— J'espère que nous n'en arriverons pas là, mais je dois vous confier que Giancarlo Manaudi est peut-être le cerveau d'un complot criminel.

— Non, je ne peux pas le croire.

— Auriez-vous une meilleure idée, monsieur Bardini ?

— Bien sûr que non, mais tenez compte de mon opinion, je vous en prie. Les gens simples, comme moi, ne se trompent pas souvent. M. Manaudi est un homme honnête, j'en suis sûr, et il n'a rien fait de mal.

— En diriez-vous autant pour les autres curistes présents sur les lieux du meurtre ? interrogea Lord Percival.

— Je ne les connaissais pas comme M. Manaudi et je ne voudrais pas me comporter comme tous les colporteurs de ragots.

— Vous savez quelque chose de précis, n'est-ce pas ?

Tutto Bene avala difficilement un morceau de lasagne qu'il fit couler avec du chianti.

— Non... Sinon, je vous l'aurais dit.

— Pour être franc avec vous, monsieur Bardini, le commissaire Gaudeo est persuadé que vous avez vu quelque chose d'essentiel.

— Il m'accuse, moi ? Je croyais qu'il plaisantait ! Vous, au moins, vous savez que je ne suis pour rien dans ce meurtre !

— Si vous nous disiez vraiment tout ce que vous savez, vous nous faciliteriez la tâche.

— J'aimerais vous aider davantage, mais je ne peux pas inventer ce que j'ignore ! Je vous conseille une glace au café. Elle est faite maison.

Angelo Bardini avait raison : la glace de la patronne était un vrai délice.

— Vous avez dû beaucoup penser au moment du crime, insista Lord Percival, revivre les gestes que vous avez accomplis, refaire dans votre tête le trajet qui vous a conduit à la cabine 4...

— Oui, Lord Percival, et je n'ai pas encore retrouvé un sommeil normal.

— Aucun détail insolite ne vous est revenu en mémoire ?

— Aucun.

— Nous avons découvert que Winlock Taintrope, contrairement à Giancarlo Manaudi, n'était pas un honnête homme. Il a fait beaucoup de mal autour de lui et même provoqué un suicide.

— C'est horrible... Au fond, cet être cruel a été durement puni.

— Taintrope ne ménageait pas les gens qu'il côtoyait et leur imposait sa volonté, souvent avec brutalité. Or, monsieur Bardini, vous l'avez approché, et il a pu vous donner des ordres précis qui vous ont déplu.

— Quel genre d'ordres ?

— À vous de nous le révéler.

— Je n'ai rien à vous dire... sauf qu'il s'est montré très désagréable ! Avec les curistes, je suis habitué à entendre les exigences les plus invraisemblables. Mais c'est moi qui étale le fango et qui sais comment bien traiter la clientèle. Les récriminations, il faut savoir en prendre et en laisser. Je vous conseille aussi le café de la patronne... Moi, il me détend et me prépare à bien dormir.

La patronne vint demander à ses hôtes s'ils étaient satisfaits de leur repas. Elle en profita pour leur détailler quelques recettes italiennes et leur vanter les mérites du fango qui la soulageait de ses rhumatismes et lui donnait un dynamisme enviable.

— Un petit alcool de cerise maison, messieurs ? Vous m'en direz des nouvelles !

— Pas pour moi, répondit Tutto Bene ; j'ai trop sommeil et je ne veux pas risquer un accident en rentrant à la maison. Si vous n'avez plus besoin de moi, Lord Percival, je vais me coucher.

— Quand comptez-vous retourner au monastère ?

Angelo Bardini se figea, comme s'il cherchait la meilleure réponse.

— Dès que possible, Lord Percival. Dieu est toujours prêt à nous entendre, mais c'est nous qui ne sommes pas assez disponibles. Par bonheur, Il ne nous reproche aucune de nos infidélités et nous accueille toujours avec le même amour.

— Dormez bien, monsieur Bardini.

Tutto Bene sortit du restaurant.

— Il est coriace, jugea Angus Dodson en dégustant son alcool de cerise. Encore une piste qui se ferme et, cette fois, de manière définitive. Contrairement à mon collègue Gaudeo, je n'ai jamais cru à la culpabilité de Bardini.

— Quelque chose nous échappe, superintendant. Un élément simple, mais déterminant.

— À quoi pensez-vous ?

— À la preuve… À cette fameuse preuve qui nous permettra de briser les défenses les plus hermétiques.

— Mais… Comment l'obtenir ?

— Si je le savais… Allons voir Antonella Vescovi. Elle est notre avant-dernière chance de découvrir la vérité.

39.

Antonella Vescovi habitait une petite maison à une quinzaine de kilomètres de l'hôtel Euganei, dans une zone pavillonnaire où étaient regroupées de modestes maisons entourées d'un jardinet. Lorsque les deux enquêteurs sortirent de la voiture banalisée, Antonella Vescovi suspendait du linge à une corde bien tendue entre deux piquets.

— Pouvez-vous nous accorder quelques minutes, madame ?

— Je finis l'accrochage, Lord Percival, et je suis à vous. Entrez, la maison est vide. Ma cousine et les enfants sont de sortie.

L'intérieur était assez coquet et parfaitement tenu. Aux murs, quantité de photos de famille et des reproductions de gravures anciennes consacrées aux thermes d'Abano.

Toujours aussi dynamique, la petite blonde servit d'office un café aux deux Britanniques et s'empara d'un plumeau pour chasser le moindre grain de poussière.

— À cause de la pollution ambiante, expliqua-t-elle, il faut sans cesse refaire le ménage. Vous avez beau passer l'aspirateur plusieurs fois par jour, il reste toujours de la saleté. Mes chaises ne sont pas très confortables, mais elles ont l'avantage d'être solides. C'est mon grand-père menuisier qui les a fabriquées, et personne n'a réussi à les user ! Alors, vous en êtes où ?

— Nous avançons, répondit Angus Dodson.

— La tension n'est pas encore retombée ! Les curistes n'arrêtent pas de parler du crime, et ils nous demandent de bien veiller sur eux pendant qu'ils se trouvent dans le fango.

— Ils n'ont pas tort, précisa Lord Percival.

— Pourquoi dites-vous ça ?

— L'un des clients de l'hôtel Euganei vient d'être agressé.

La petite blonde afficha sa stupéfaction.

— Vous voulez dire… que l'assassin rôde encore ?

— C'est la seule conclusion possible.

— Et vous n'arrivez pas à l'arrêter !

— Votre collègue, Francisco, aurait pu être agressé, lui aussi.

— Il n'a pas pu identifier l'assassin ?

— La brume était tellement épaisse qu'on discernait à peine les silhouettes. Francisco ne vous a rien raconté ?

— J'avais droit à un jour de repos, aujourd'hui. Enfin, quelques heures pour m'occuper de mes enfants et de ma maison ! J'aime beaucoup mon travail, mais il faut bien décrocher de temps en temps.

— Vous avez dû réfléchir au drame, avança Lord Percival, et tenter de vous remémorer ce qui s'était passé.

— Oui, bien sûr…

— Des éléments nouveaux vous sont-ils revenus en mémoire ?

— Non, désolée… Si je m'étais occupée de ce Taintrope, ç'aurait peut-être été plus facile, mais là…

Tout ce que je peux vous dire, c'est que j'ai fait mon travail correctement, comme chaque matin, en essayant de traiter au mieux les curistes pour qu'ils soient satisfaits des soins comme de leur séjour. Notre bonne vieille boue a encore de nombreux siècles devant elle, j'en suis certaine !

— Vous voyez beaucoup de gens et vous entendez beaucoup de choses, madame Vescovi… Ne circule-t-il pas certaines rumeurs, à propos de l'assassinat de Taintrope ?

— Les gens racontent n'importe quoi ! Ça me rentre par une oreille et ça ressort aussitôt par l'autre. C'est fou ce que certaines personnes sont médisantes, uniquement pour le plaisir de nuire à autrui. Dans un métier comme le mien, il vaut mieux oublier ce qu'on vous raconte, sinon, le cerveau exploserait ! Encore un peu de café ?

— Merci, nous devons encore procéder à un interrogatoire.

Les deux enquêteurs sortirent de la modeste maison et traversèrent le jardinet à l'herbe humide pour regagner la voiture banalisée.

Tendresse Menue ne cachait pas sa fureur.

Assise à l'arrière, à côté de Dodson, elle ne cessait de s'agiter.

— Mettez votre ceinture, recommanda Lord Percival.

— Je refuse d'être attachée ! Je suis une journaliste libre et je veux savoir où vous m'emmenez !

— Nous allons voir un endroit magique.

— Pour vous, ce doit être un poteau d'exécution ! La police ne songe qu'à museler la presse et à l'empêcher de s'exprimer. Mais nous vaincrons et nous détruirons toute forme de hiérarchie !

Dodson aurait volontiers bâillonné la Française, mais il parvint à garder son calme jusqu'au terme du bref déplacement qui aboutissait à de très anciennes cuves à fango, situées près de l'hôtel Président.

Là, en bordure de la rue, on pouvait voir la boue bouillonner et fumer.

— Je refuse de descendre ! décréta Tendresse Menue.

— Vous rateriez un spectacle passionnant, la prévint Lord Percival ; nous n'en avons que pour quelques minutes, puis nous vous reconduirons à l'hôtel.

— Quelques minutes, vous le jurez ?

— Vous avez ma parole.

— Et vous ne me brutaliserez pas ?

— Ce n'est pas dans mes habitudes.

— Bon… Mais si vous me touchez, je hurle !

Le châtelain demanda à la journaliste de s'approcher des cuves en pierre où l'on voyait les différents stades d'évolution du fango, depuis la boue à l'état brut jusqu'à la boue mature.

— N'est-ce pas passionnant, mademoiselle ?

— Ça fume et ça ne sent pas très bon…

— Pourtant, tout le secret d'Abano se trouve ici, et même celui des Enfers.

— Que voulez-vous dire ?

— Certains croient que ces fumées viennent du fond de l'enfer et qu'on peut les consulter comme un oracle.

La journaliste eut un rire aigrelet.

— Vous ne croyez quand même pas à ces vieilles superstitions ?

— Dans mon domaine, en Écosse, il y a beaucoup

de génies plus ou moins visibles, mais tous très actifs. Pourquoi en serait-il autrement ici ? Dans chaque endroit où la terre est travaillée par des forces si puissantes que le résultat est visible, comme le fango, on peut interroger l'autre monde et lui demander la clé d'un problème ardu.

— Vous... vous avez perdu la raison !

— Nous allons interroger ensemble l'oracle qui se cache dans la fumée, proposa Lord Percival, afin de savoir si vous avez dit la vérité.

— Quoi ?

— Vous parlez en regardant bien la fumée et vous répétez les termes de votre témoignage. Si vous avez menti, les entrailles de la Terre vous engloutiront.

Prenant Angus Dodson au dépourvu, Tendresse Menue s'enfuit à toutes jambes.

— Nous la rattrapons ?

— Inutile, superintendant.

— Elle vient d'avouer qu'elle a menti !

— Cette jeune femme est très émotive, et il n'est pas facile d'interpréter ses réactions.

Le châtelain sortit de sa poche une pièce d'or et la jeta dans l'une des cuves à fango.

— Pourquoi faites-vous ça, Lord Percival ?

— Je me doutais qu'il faudrait en arriver là... L'oracle n'accepte de répondre que s'il est payé avec de l'or. Non seulement l'au-delà est exigeant, mais encore ne se fonde-t-il que sur des valeurs sûres.

— Vous ne croyez quand même pas que...

— Au point où nous en sommes, mon cher Dodson, il faut tout tenter.

Une brise se leva, les colonnes de fumée se tordirent, s'élevèrent vers le ciel, semblèrent disparaître, puis se reformèrent en s'épaississant lorsque le coup de vent se calma.

L'Écossais était resté immobile et concentré, comme s'il cherchait à déchiffrer un message.

— Quelque chose d'intéressant ? interrogea Dodson, sceptique.

— C'est à peine croyable… et pourtant ! Cette preuve, cette fameuse preuve…

— Qu'est-ce qu'il y a, Lord Percival ?

— Cette preuve, nous l'avions sous les yeux, superintendant, et nous n'y avons pas prêté attention !

— Elle n'a pas disparu, au moins ?

— Non, rassurez-vous. À présent, il est possible de comprendre ce qui s'est réellement passé et pourquoi Winlock Taintrope a été assassiné.

40.

À la demande de Lord Percival, le directeur de l'hôtel Euganei avait disposé des chaises dans le couloir du fango où avaient été conviés tous les protagonistes de l'affaire Taintrope, y compris Giancarlo Manaudi, dont les protestations s'étaient heurtées à la fermeté d'Angus Dodson.

La porte de la cabine 4 était ouverte.

— Si je vous ai réunis ici, expliqua Lord Percival, vers lequel convergeaient les regards, c'est pour tenter d'identifier l'assassin de Winlock Taintrope et d'établir les mobiles de son geste. Comme vous avez tous été mêlés à ce drame de près ou de loin, j'ai pensé que connaître la vérité vous intéresserait.

— Génial ! s'exclama Tendresse Menue. Ça va me donner un article formidable !

— Le superintendant Dodson et moi-même avons longtemps piétiné à propos des déclarations d'Angelo Bardini et d'Antonella Vescovi, en nous demandant si elles correspondaient bien à la réalité des faits. En les recoupant, nous avons abouti à une conclusion positive qui nous a permis de connaître la position exacte de chaque curiste au moment de la mort de Taintrope. De plus, une étude attentive des lieux nous a permis d'obtenir quelques indices susceptibles de nous mener à l'assassin.

— Les indices sont parfois trompeurs, intervint Giancarlo Manaudi, visiblement énervé.

— Comme la crème hydratante à la feuille de violette froissée sur les tempes du mort, l'un de vos cosmétiques vedettes ? Étant donné que Winlock Taintrope représentait pour vous un danger mortel, reconnaissez, monsieur Manaudi, que vous apparaissiez comme un suspect idéal. Mais si votre explication était la bonne, tout était clair : vous aviez offert à votre ennemi un pot de cette crème qu'il avait simplement trouvée à son goût. Et même un homme d'affaires peut avoir une bonne surprise, comme la disparition brutale d'un concurrent qui s'apprêtait à l'absorber.

— Je ne vous le fais pas dire, Lord Percival.

— Comme vous étiez dans le fango, impossible de vous déplacer pour tuer Taintrope sans laisser de traces. Mais vous auriez pu commanditer l'assassin en lui offrant une belle somme.

— Ah non ! Vous n'allez pas recommencer !

— Rassurez-vous, nous n'avons jamais réussi à étayer cette hypothèse. Et puisque la vérité est toute différente, nous savons que vous n'avez pas pris part à ce crime, monsieur Manaudi.

— Vous m'en voyez soulagé ! Mais je suis curieux d'apprendre le nom du coupable.

L'Écossais se tourna vers la journaliste française.

— Vous aussi, mademoiselle Menue, je suppose ?

— Je n'attends que ça !

— Vous n'êtes pas venue à Abano pour vous soigner, mais pour obtenir un scoop, voire en fabriquer un de toutes pièces si votre moisson n'était pas assez fructueuse.

— Je ne vous permets pas !

— L'hôtel Euganei, quelle bonne idée ! Vous aviez une chance de surprendre des célébrités au moment où elles s'y attendaient le moins. Un travail bas de gamme qui fut couronné de succès lorsque vous avez découvert la présence de Taintrope et soupçonné ses liens avec une autre personne présente dans l'établissement.

— Pas des soupçons, des certitudes !

— Autre certitude, mademoiselle : vous êtes entrée dans la cabine 4, n'est-ce pas, pour tenter d'arracher une interview à Winlock Taintrope ?

— Moi ? Mais comment…

— Vous utilisez un portemine et vous ne supportez que des mines très fines qui cassent fréquemment. Or nous avons retrouvé un morceau de mine de crayon dans la cabine 4. Taintrope a refusé de vous répondre, il a menacé d'appeler à l'aide, vous avez pris peur et vous l'avez tué.

La journaliste française faillit arracher ses cheveux noirs frisés.

— Mais non, vous vous trompez complètement ! Oui, je suis bien entrée dans cette cabine et j'ai pris quelques notes, d'ailleurs sans intérêt, mais quand elle était vide ! J'aurais bien aimé recueillir les propos de ce Taintrope, mais ce n'était pas si simple. Il me faisait peur, ce bonhomme, et je n'étais pas venue ici pour prendre des risques. Cette cure de fango n'était pas si désagréable, après tout, et j'avais besoin de reprendre des forces avant de préparer la révolution.

— Votre curiosité aurait pu vous coûter très cher, mademoiselle. Ne devriez-vous pas vous montrer plus prudente ?

Tendresse Menue choisit de bouder, pendant que Lord Percival s'adressait à Hans Wachter, qui avait les yeux dans le vague.

— Votre histoire est tout à fait désolante, monsieur Wachter. C'est à cause de la brutalité commerciale de Taintrope que votre femme s'est suicidée, et Taintrope est devenu votre seule obsession. Simplement à cause de son existence, c'est votre propre vie qui s'en allait, c'est vous qu'il était en train de tuer à petit feu.

L'homme rondouillard et presque chauve hocha la tête affirmativement.

— Alors, vous avez décidé de le tuer en utilisant l'arme blanche dissimulée dans votre béquille. Et vous aussi, vous êtes entré dans la cabine 4.

Hans Wachter, la main droite dans la poche de sa veste, tripotait du tabac.

— Pas tout à fait, Lord Percival... J'ai entrouvert la porte de la cabine et je l'ai regardé. Il était étendu sur le lit, enveloppé de boue, sous les couvertures, mais je n'ai pas osé le poignarder... Je n'en ai pas eu le courage.

— Vous aviez du tabac dans la poche de votre peignoir, vous le tripotiez et, sans vous en apercevoir, vous avez laissé une trace de votre passage en faisant tomber un fragment à la hauteur de la porte.

— Si vous saviez comme je regrette... J'ai demandé pardon à ma femme pour n'avoir pas eu la force de supprimer ce monstre.

Hans Wachter baissa la tête et se perdit dans ses souvenirs douloureux.

Lord Percival s'adressa à Ruth Mainlay, vêtue d'un élégant tailleur rose pâle.

— Votre cas est plus délicat, mademoiselle, puisque vous étiez la maîtresse de Winlock Taintrope et qu'il a brutalement décidé de vous congédier. Humiliée, privée de ressources, vous avez ressenti une haine profonde à l'égard de cet homme, d'autant plus qu'il vous avait sûrement promis le mariage.

— Il m'a menti dès le premier instant, avoua Ruth Mainlay, qui contenait mal sa fureur.

— Vous aviez donc un excellent mobile pour supprimer Taintrope. Et l'on a retrouvé l'un de vos cheveux dans la cabine 4. L'analyse du laboratoire que m'a remise le commissaire Gaudeo est formelle.

« L'affaire Taintrope vient sans doute de trouver sa solution », pensa Angus Dodson.

La jeune femme se mordillait les lèvres.

— Si je vous dis la vérité, vous ne me croirez pas, Lord Percival.

— Essayez quand même.

— Quand j'ai vu que Winlock allait prendre une séance de fango, j'ai eu l'irrésistible envie de le tuer. Et j'ai pensé à utiliser le linge avec lequel on nous essuie le front pour l'étouffer. Je suis sortie de mon bain à l'ozone, je me suis bien essuyé les pieds, j'ai revêtu mon peignoir, j'ai vérifié que le couloir était vide et je suis entrée dans la cabine de ce sadique. Je me suis placée près de sa tête et je l'ai injurié à voix basse. Comme il ne répondait pas, je l'ai un peu secoué... Et là j'ai compris qu'il était mort. J'ai regagné ma cabine et me suis plongée dans mon bain, avec l'espoir que personne ne m'avait repérée. Mes nerfs étaient à vif, mais je ne me posais qu'une seule question : ce monstre avait-il succombé à une crise cardiaque ou bien quelqu'un avait-il fait le travail à ma place ? Quelqu'un que Winlock Taintrope avait blessé aussi cruellement que moi et qui ne pouvait plus le laisser triompher, avec son arrogance et sa cruauté... J'ai prié pour cette personne et j'espère que vous ne l'identifierez pas.

— Dois-je vous croire sur parole, mademoiselle ?

— Croyez ce que vous voulez, Lord Percival. J'ai beaucoup menti, je l'admets, mais je ne voulais pas être condamnée pour un crime que je n'ai malheureusement pas commis. Tuer Taintrope eût été une grande joie.

Angus Dodson pensait que le châtelain aller accuser Ruth Mainlay de façon formelle, mais il abandonna la jeune femme pour s'intéresser à Picky Romsen, visiblement de plus en plus nerveux.

— Plusieurs personnes désiraient supprimer Winlock Taintrope, reprit l'Écossais, et elles auraient pu s'allier pour brouiller les pistes. Mais elles ne se connaissaient pas, et la vérité était à rechercher dans une autre direction, liée aux activités de Taintrope. N'est-ce pas votre avis, monsieur Romsen ?

Le sosie de Sylvester Stallone arrondit les épaules.

— Je n'ai aucun avis là-dessus... Je vous ai dit tout ce que je savais.

— Votre témoignage a été d'une importance capitale, en effet. Puisque vous aviez rendez-vous ici même, à Abano, avec Taintrope, nous avons compris que ce dernier ne s'était pas déplacé uniquement pour soigner son genou, mais pour affaires. Quelles affaires ? Là était toute la question. Il avait besoin de vos compétences de chimiste, et l'on pouvait penser qu'il se préparait à lancer une ultime offensive contre Giancarlo Manaudi. Mais vous aviez refusé dans le passé, et Taintrope avait pris d'autres dispositions. Pourtant, comme nous l'avons appris de ses collaborateurs et comme l'a précisé Angelo Bardini, qui l'a vu de près, Winlock Taintrope était très énervé, signe qu'il était sur le point de conclure l'un de ces raids dévastateurs dont il avait le secret. Et il ne manquait plus que vous, monsieur Romsen, pour lui permettre de boucler son dossier.

— C'est possible, Lord Percival, mais notre courte entrevue s'est mal passée, et il a refusé de m'en dire plus. Comme je vous l'ai expliqué, je ne voulais plus travailler avec ce bandit.

— Je vous crois, monsieur Romsen, pour plusieurs raisons. D'abord, les analyses prouvent que vos mouchoirs de coton n'ont pas la même texture que le linge meurtrier ; ensuite, si vous aviez laissé Taintrope vous parler du véritable motif de son séjour à Abano, vous n'auriez pas hésité à me le dire, car il ne vous met nullement en cause ; enfin, vous avez rapporté une phrase capitale de Taintrope : *Nous avons tout notre temps et, en plus, nous ne le perdons pas*. Dans la bouche d'un financier pressé et surexcité, de bien étranges paroles ! Sauf si son véritable centre d'intérêt était... le fango lui-même ! Le fango... Un formidable marché à conquérir, à la fois pour les profits et pour l'image de marque. S'en emparer et devenir le seul patron du thermalisme à Abano, voilà quel était le but de Winlock Taintrope.

« Un voile se déchire, pensa Angus Dodson, mais qui accuser de meurtre avec preuve à l'appui ? »

— Aviez-vous pensé à cette manière de voler ? demanda Lord Percival à Renato Cernunisca.

Le rat d'hôtel sursauta.

— Oh non, bien sûr que non ! Mes ambitions sont beaucoup plus modestes.

— Certes, vous vous êtes contenté de dérober une chevalière en or appartenant à Taintrope, et, vu votre tempérament, je vous imagine mal prendre des risques pour assassiner votre victime, même si Winlock Taintrope menaçait de vous dénoncer.

Cernunisca fut soulagé.

— Merci de le reconnaître... Je suis un non-violent, moi ! Et puis je ne suis jamais allé dans la cabine 4.

— Le fait que vous n'ayez laissé aucune trace de votre passage jouerait plutôt en votre défaveur, puisque vous êtes un professionnel...

Le rat d'hôtel paniqua.

— Qu'est-ce que vous allez imaginer là ?

— Rassurez-vous, je sais que vous n'êtes pas coupable. Vous avez même cherché à nous aider, monsieur Cernunisca, et vous avez hérité d'une belle bosse.

— Ah ! vous voyez...

— Il serait peut-être temps que Francisco nous donne le nom de la personne qui a assommé Renato Cernunisca, parce que l'instinct de ce dernier l'avait emmené là où il ne devait pas aller.

L'interpellé resta de marbre, les yeux cachés par ses cheveux longs.

— Vous êtes sympathique, Francisco, continua Lord Percival, vous aimez votre travail, mais vous refusez de devenir adulte, comme l'a indiqué Antonella Vescovi. Avec elle et Angelo Bardini, vous formez une excellente équipe. Quand on vous a demandé de rendre service, vous l'avez fait, dans l'intérêt général. C'est pourquoi vous avez assommé Cernunisca dont la curiosité vous paraissait malsaine. Je sais que vous ne parlerez pas, bien que vous ayez été mis au courant de la redoutable partie commerciale qui se jouait ici, tout près de vous. C'est le professeur Anaudi qui m'a offert une clé majeure en m'apprenant que le fango n'était pas exportable et qu'il ne pouvait parvenir à maturité, donc à sa pleine efficacité, qu'ici, à Abano.

« Un Taintrope ne pouvait se contenter d'un produit local. À l'évidence, il voulait inonder le monde entier de la boue miraculeuse d'Abano, sans se soucier qu'elle soit mûre ou non. Et il voulait obtenir soit l'avis de Romsen, soit, plus probablement, de faux certificats d'expertise pour prouver que le fango exporté ne perdrait rien de ses qualités. Et c'est vous,

Francisco, qui avez mis un peu de fango non mature dans la boue mature qui recouvrait le cadavre de Taintrope pour lui donner le coup de pied de l'âne et lui signifier que son projet destructeur avait définitivement échoué. Et c'est vous, encore, sur l'ordre de l'assassin, qui avez déposé sur mon lit une boule de fango pour me dissuader d'aller plus loin dans mes recherches. Que pensez-vous de mon interprétation des faits, monsieur Bardini ?

Tutto Bene se fit tout petit.

— Je ne sais pas, moi… Francisco est un brave garçon. Il n'a commis aucun crime.

— Et vous non plus, je suppose ? Pourtant, vous avez ressenti le besoin d'aller vous confesser en urgence au monastère de Santa Maria pour obtenir l'absolution. Quel péché grave aviez-vous commis ? Le mensonge, et pas n'importe lequel : un mensonge lié à la mort d'un homme. Pour votre conscience, un poids très lourd à porter. Vous n'avez pas tué vous-même, mais vous étiez pourtant à l'origine du meurtre, et vous ne pouviez pas non plus dénoncer l'assassin. Une situation si difficile à vivre que, même suivi par la police, il vous fallait obtenir le secours d'un prêtre de Santa Maria.

Angelo Bardini n'osait pas regarder Lord Percival.

— Pourquoi êtes-vous à l'origine de ce meurtre ? Parce que, lors de sa première séance de fango à propos de laquelle vous vous êtes montré fort évasif, Winlock Taintrope vous a parlé de ses projets. Vous considérant comme quantité négligeable, il n'a pas hésité à vous annoncer la mort du fango traditionnel et du thermalisme tel qu'Abano le pratique. Autrement dit, l'écroulement de toute votre existence et la disparition de votre emploi. Paniqué, vous en avez parlé à l'assassin, qui ne s'est pas contenté de gémir mais a décidé d'agir lors de la deuxième séance de fango de Winlock Taintrope.

Angelo Bardini n'écoutait plus, il priait.

— Ce point établi, continua Lord Percival, beaucoup de questions devenaient sans objet : l'assassin s'était-il caché dans la douche ou dans la grotte sudatoire, Angelo Bardini l'avait-il vu ou non, sa déposition ou celle d'Antonella Vescovi devaient-elles être mises en cause, les curistes se trouvaient-ils bien là où ils prétendaient être ? Tout cela devenait sans intérêt, puisque le crime s'était déroulé de manière simple : Angelo Bardini avait fermé les yeux. C'est bien votre avis, madame Vescovi ?

La petite blonde explosive avait les bras croisés. Son regard s'enflamma.

— Que vous importe mon avis ?

— Vous disposez d'une énergie remarquable, madame, et quand vous avez quelque chose en tête, d'après Renato Cernunisca, on ne vous l'enlève pas facilement. Et le sujet sur lequel vous êtes la plus têtue, c'est Abano lui-même et son fango. Comme le prouvent les photos et les gravures qui décorent votre maison, vous êtes très attachée à la tradition et vous avez vous-même déclaré que nous n'aimiez pas entendre des bêtises sur la boue guérisseuse capable d'effacer le stress de la vie moderne.

— C'est bien ce que je pense ! Pourquoi cela vous gêne-t-il ?

— Vous étiez prête à tout pour sauvegarder votre emploi et vous opposer à des tentatives comme celle de Winlock Taintrope.

— Comme tout le monde ici, Lord Percival !

— Quand Angelo Bardini vous a révélé le projet du financier anglais, vous n'avez pas mis longtemps à prendre une décision radicale : le supprimer. Avec la disparition de Taintrope, plus question d'exporter un fango non mature et de réduire Abano à une bourgade sans intérêt. Ce que le catholicisme de Bardini lui interdisait de faire, vous, vous l'avez accompli sans hésitation ni remords. Vous êtes entrée dans la cabine 4, madame Vescovi, et vous avez étouffé Winlock Taintrope.

— Prouvez-le !

— Le linge qui a été utilisé pour étouffer Taintrope présente une particularité intéressante : il est nettement plus blanc que les autres mis à votre disposition. Et vous n'avez pas bénéficié d'une livraison récente de linge neuf. Par quel miracle le linge mortel a-t-il retrouvé une telle blancheur ? C'est Renato Cernunisca qui m'a offert la clé de l'énigme sans s'en douter lorsqu'il m'a révélé qu'un voleur n'agissait pas après une nuit de pleine lune.

— Je ne comprends pas, dit le rat d'hôtel.

— Moi, je n'ai compris qu'en allant chez Antonella Vescovi. Elle avait volé le linge qui lui servirait d'arme mais, avec un souci de ménagère préoccupée d'hygiène, elle avait pris soin de le laver. Et, selon son habitude, elle l'avait accroché à sa corde à linge sans se soucier de la nuit de pleine lune. En raison de l'air plus frais, en raison de l'absence de nuages cette nuit-là, la condensation s'est accrue et l'ozone s'est transformé en eau oxygénée avec l'apport de rosée. C'est pourquoi le linge mouillé à ce moment-là blanchit, comme le savaient les Anciens. Ce fut votre seule petite erreur, madame Vescovi ; si je n'avais pas vu votre corde à linge après avoir écouté attentivement M. Cernunisca, les circonstances du crime n'auraient pas été élucidées.

La petite blonde redressa fièrement le buste.

— Ce que j'ai fait, je devais le faire. Taintrope nous menaçait tous de mort, je devais nous sauver.

ÉPILOGUE

Dès le premier contact, Angus Dodson sut qu'il avait eu tort d'accepter. Pourtant, c'était encore peu de chose. Mais, quand il lui fallut s'allonger dans le fango avant d'être immobilisé sous les couvertures, il comprit que se rouler dans la boue n'était vraiment pas une bonne option pour un chef superintendant de Scotland Yard.

Et il commença à suer, étonné de la quantité d'eau que pouvait contenir un corps humain.

— Vous tenez le choc, mon cher Dodson ?

La voix de Lord Percival provenait de la cabine d'en face dont la porte, comme celle du superintendant, était restée ouverte.

— J'ai peur que non.

— Seule la première minute est un peu brûlante. Ensuite, c'est une douce chaleur qui vous envahira.

Dodson serra les dents et tint bon.

De fait, le fango se transforma en une sorte de couverture chauffante grâce à laquelle tous ses muscles se relaxèrent. Et pendant un quart d'heure il oublia que le monde était rude et cruel.

Quant au bain d'ozone, il emmena le chef superintendant dans un univers de délices où la violence n'avait plus aucune place. Et un long massage vint compléter l'unique jour de cure que pouvait s'accorder le superintendant.

C'est à table que Dodson découvrit l'inconvénient du fango : il ouvrait l'appétit et donnait soif. Et comme la cuisine et les vins italiens étaient capables de répondre à ces exigences, les grammes perdus grâce au fango furent vite repris.

— Jamais je n'approuverai un crime, confia-t-il à Lord Percival, mais je suis heureux qu'Abano et le fango puissent rester ce qu'ils sont.

— Vous avez raison, superintendant : sans tradition, il n'y aurait plus d'avenir.

La composition de cet ouvrage
*a été réalisée par l'***Imprimerie Bussière**
l'impression et le brochage ont été effectués
sur presse Cameron dans les ateliers
de **Bussière Camedan Imprimeries**
à Saint-Amand-Montrond (Cher)
pour le compte des éditions Robert Laffont
24, avenue Marceau, 75008 Paris
en mai 1999

N° d'édition : 40044. N° d'impression : 1066-991981/4.
Dépôt légal : juin 1999.
Imprimé en France